KB153075

한국 희곡 명작선 70

오케스트라의 꼬마 천사들

한국 희곡 명작선 70

오케스트라의 꼬마 천사들

장일홍

평민사

상일홍

오케스트라의 꼬마 천사들

등장인물

리처드 용재 오닐 – 40세, 세계적인 비올리스트. 오케스트라 지
  휘자

카이 – 30세, 팝페라 가수. 오케스트라 음악감독

다니엘 – 10세, 한국에서 태어난 콩고 난민의 아들

가영 – 12세, 아빠는 한국인, 엄마는 베트남인이지만 사망

선욱 – 13세, 엄마는 필리핀인, 아빠는 한국인

형진 – 10세, 오케스트라 단원 중 유일하게 부모가 모두 한국인

원태 – 13세, 엄마는 중국인, 아빠는 한국인이지만 행방불명

은희 – 10세, 엄마는 러시아인, 아빠는 한국인

혜라 – 11세, 아빠는 파키스탄인, 엄마는 한국인

아델리아 – 14세, 엄마는 키르기스스탄인, 아빠는 한국인

준 마리 – 15세, 엄마는 필리핀인, 아빠는 한국인이지만 사망

완우 – 10세, 엄마는 일본인, 아빠는 한국인

한위 – 13세, 부모가 모두 중국인이지만 조선족

평은 – 13세, 엄마는 태국인, 아빠는 한국인이지만 사망

이밖에 용재 오닐의 어머니, 할머니. 소년 · 소녀들

무대

텅 빈 무대. 아무런 장치도, 장식도 없다. 다만 무대 중앙에서 후
면까지가 계단 형태로 이루어져 이곳이 오케스트라 박스가 되고
연습실, 벤치, 방…… 등 다양한 장소로 활용된다.
무대 전면은 그 밖의 공간(의자가 필요 없는)이 되고, 후면 벽에
배경막(대형 스크린)이 있다. 이 스크린에 각종 영상이 비추어진
다.

제1장. 별이 되고픈 아이
– 오디션

안산시 글로벌아동센터 강당. 카이가 심사위원석에 앉아 있고, 오케스트라 오디션에 참가한 아이들이 가슴에 번호표를 달고 계단 맨 아래 쪽에 느런히 앉아 있다.

카이 먼저 여러분께 양해를 구하겠어요. 오늘 오디션에 심사위원으로 용재 오닐 선생님이 참여하기로 했는데, 뉴욕에서 출발한 비행기가 예정보다 늦게 도착하는 바람에 지금에야 인천공항에서 이곳으로 오시는 중이에요. 여러분을 기다리게 하지 말고 진행하라는 선생님의 전화가 왔어요. 그럼 지금부터 오디션을 시작하겠습니다.

카이가 서류(오케스트라 지원서)를 보고, 아이들에게 질문을 하는 사이, 배경막에 지원자의 사진, 이름, 나이, 부모의 국적 등이 비친다.

카이 ①번 어린이에게 묻지요. 오케스트라를 시작하면 연습시간이 수요일과 토요일 오후에요. 근데 토요일 오후에는 친구들 생일파티가 많잖아. 생일파티와 연습시간이 겹쳤어요. 그럼 어디로 갈래요?

①번 어린이 친구 집에 안 놀러 가고 여기 와서 연습할 거예요.

카이 ②번 어린이는?

②번 어린이 음…… 생일파티를 포기할 거예요.

카이 ③번 어린이는?

③번 어린이 생일파티에 안 가고 여기 올래요.

카이 흠…… 다들 진지한 자세가 맘에 들어요. 음악적 재능보다 더 중요한 오케스트라 단원의 자질은 약속을 지키는 것과 책임질 줄 아는 거지요.

이때, 용재 오닐이 허둥지둥 들어온다.

카이 (일어서며) 아, 저기 오시네. (오닐이 오자, 손을 내밀며) 원로에 고생이 많으셨습니다.

용재 오닐 별 말씀을…… 선생님이 더 고생하셨죠. (아이들을 둘러보고) 만나서 반가워요. 나는 비올라를 연주하는 사람이에요. 우린 앞으로 서로 친해지고, 함께 음악을 즐기고 사랑할 거예요.

④번 어린이 (손으로 오닐을 가리키며) 저 사람 무서워!

⑤번 어린이 (역시 가리키며) 몽키 티처!

아이들이 자지러지게 웃는다. 당황한 용재 오닐이 얼굴만 붉히다가 가지고 온 가방에서 비올라를 꺼낸다.

용재 오닐 여러분 나이 때 나는 악기를 연주하는 사람이 될 줄 몰 랐어요. 정말 진심으로 말하는데, 음악과 비올라가 나를 변화시켰지요. 비올라 덕분에 외롭지 않았고, 내 인생의 가장 소중한 친구들을 만났고, 전 세계를 여행하면서 세 계시민이 됐어요. 음악이 있는 곳이면 어디든 내 고향이 거든요. 여러분도 앞으로 좋은 벗이 될 악기를 만나고 음악이 주는 기쁨을 알았으면 좋겠네요.

말을 마친 용재 오닐이 '섬집 아기'를 연주하기 시작한다. 실내는 누가 찬물이라도 끼얹은 듯 일순 고요해졌다. 아련하고 가슴 먹 먹한 비올라 선율이 아이들의 마음속에 조용한 파문을 일으킨다. 감정의 소용돌이를 맛 본 아이들의 눈빛이 반짝거린다. 한 아이 가 연주에 맞춰 노래를 선창하자, 조금씩 따라 부르다가 전원 합 창이 된다.

– 섬집 아기

엄마가 섬 그늘에
굴 따러 가면
아기는 혼자 남아
집을 보다가

바다가 불러주는

자장 노래에
팔 베고 스르르르
잠이 듭니다

연주와 합창이 끝나고 모두들 박수를 친다. 놀랍게도 분위기의 반
전이 일어난다.

⑥번어린이 진짜 멋져! 좋은 연주야!
⑦번어린이 소리가…… 너무 신비해. 슬프고 무서웠어.
⑧번어린이 악기의 고수! (두 손바닥 내밀며 오닐에게 경의를 표한다)

아이들이 모두 일어서 용재 오닐 앞으로 가 그를 에워싼다.

⑨번어린이 악기를 만져봐도 돼요?
⑩번어린이 저도요!
⑪번어린이 이런 악기는 처음 봐요.
⑫번어린이 조금만 만져보고 싶어요.
용재 오닐 이 악기는 1727년에 만들어진 비올라예요. 300살 가까
이 됐으니 이렇게 낡아서 흠집도 있고 손때가 묻어 반질
반질해졌어요. 이 악기는 나의 분신과도 같아서 아무에
게도 보여주지 않지만 여러분에겐 보여줄게요.

용재 오닐은 악기의 몸통 속까지 보여주며 설명한다. 아이들은 너

도 나도 질세라 윤기 흐르는 악기를 만져본다. 카이가 아이들을 제지하고 나선다.

카이 자자, 악기는 그만 구경하고…… 지금부터 여러분의 악기를 선택하는 시간입니다. (계단 위에 늘어놓은 악기를 가리키며) 악기는 바이올린, 비올라, 첼로가 있는데요. 자신이 원하는 악기 앞으로 가서 줄을 서요.

아이들이 줄을 서는데, 비올라 앞에 긴 줄이 늘어섰다. 용재 오닐의 연주 때문이다. 카이가 악기마다의 특성을 알려주기 위해 활을 현에 그어 소리를 낸다. 아이들이 악기에 달려들어 활로 그어본다.

①**번어린이** 소리가 나지 않아요.
②**번어린이** 강아지 우는 소리가 나요.
③**번어린이** 첼로가 너무 무거워요.
④**번어린이** 어떤 악기가 좋은지 정말 모르겠어요.

아이들이 여러 악기를 만져보고 현을 튕겨보는 동안 용재 오닐과 카이는 유심히 아이들을 관찰하면서 기록한다.

카이 (손뼉을 쳐서 주의를 환기시킨 후) 자, 다시 한 번 자신이 원하는 악기 앞으로 가서 줄을 서 봐요. (아이들이 줄을 서자, 관찰기록과 대조해 보고 체크한다) 어, 그럼 악기 받을 어린이 번

호를 부르겠습니다. 먼저 바이올린을 받을 사람…… ①
③⑤⑥⑨⑫번 어린이, 비올라를 받을 사람은 ②④⑦번
어린이, 첼로를 받을 사람은 ⑧⑩⑪번 어린이예요.

발표가 나자 환호성을 지르고, 의기양양하게 주먹을 흔들고, 탄식
하고, 친구를 껴안아 슬퍼하고…… 아이들의 반응은 각양각색이다.
아이들이 자신의 악기를 들고 제 자리에 앉는다.

용재 오닐 어린이 여러분! 여러분 중에는 원하는 악기를 받은 사람
도 있고, 원하지 않는 악기를 배정받은 사람도 있을 테
지요. 세상은 간절히 원한다고 해서 매번 좋은 선물을
주지는 않아요. 이것이 오케스트라가 준 첫 번째 교훈이
라고 생각해요. 오늘 여러분이 받은 악기는 인생에서 가
장 좋은 친구이자, 훌륭한 스승이 되어줄 거예요.

카이 그러면, 악기를 받은 느낌을 한 마디씩 해 볼까요?

⑤번어린이 황홀해요, 제일 간절한 소원을 이룬 것 같아요.

⑥번어린이 보석을 손에 넣은 것처럼 짜릿해요.

⑦번어린이 상장 받은 때처럼 기분이 좋아요.

⑧번어린이 완전 신나요, 폴짝폴짝 뛰고 싶어요.

⑨번어린이 짱! 이 세상 다른 무엇과도 바꾸지 않을 거예요.

⑩번어린이 너무 좋아서 막 다른 사람에게 보여주면서 자랑하고 싶
어요.

⑪번어린이 난 아무한테도 보여주지 않을래요.

가영 바이올린을 잘 하게 되면 가장 먼저 연주하고 싶은 곡은 '반짝반짝 작은 별'이에요.

카이 왜~?

가영 작년에 엄마가…… 엄마가 위암으로 세상을 뜨셨어요. 저는요, 엄마가 하늘에 올라가 별이 됐다고 믿거든요. 엄마는…… 내 마음속에서 영원히…… 반짝반짝 빛나는 작은 별이에요.

카이 ⑫번 어린이의 눈가에 반짝반짝 빛나는 작은 별이 맺혔네요.

용재 오닐 (손수건을 건네며) 자, 눈물을 닦아요.

가영 (애써 웃으며) 난 안 울었어요. 울 엄마가 돌아가시기 전에 병상에서 늘 그랬거든요. 안 울었다고…… (눈물을 닦는다) 절 두고 가는 게 마음에 걸렸나 봐요.

아이들 모두 슬픈 눈으로 가영을 쳐다보다가 자신의 악기를 소중히 감싸 안는다. 잠시 후, 조용한 음악을 밟으며 아이들, 집으로 돌아간다.

13

제2장. 유 레이즈 미 업(You raise me up)
– 첫 번째 합숙 캠프

객석이 텅 빈 글로벌아동센터 강당. 조명이 켜진 무대 위로 올라가 앉은 아이들. 파트별로 자리를 잡고 나자 음악감독인 카이 등장.

카이   이 공연장에 사람들이 꽉 찼다고 생각해 봐. 엄청 떨리 겠지? 자, 지금 너희 앞에 지휘자 선생님이 있어. 누가 지휘하지? 바로 용재 오닐 선생님이야. 의자에 똑바로 앉아서 오직 지휘자에게만 집중해야 해. (사이) 이제부터 10초 동안 객석 정면을 응시하는 거야.

아이들은 아주 넓고 높다란 공연장을 뚫어져라 응시한다. 카이의 휴대폰이 울려서 통화하며 퇴장하고 얼마 후, 어디선가 음악 소리가 흘러나온다. 아무도 시키지 않았는데, 누군가 연주를 시작한 것이다. 모차르트의 '반짝반짝 작은 별'. 처음엔 첼로 파트에서 소리가 나더니 제1바이올린, 제2바이올린, 비올라가 차례로 가세한다. 연주가 끝났을 때 다들 상기된 표정이 된다.

카이   (뛰어 들어오며) 너희들! 지금 '작은 별'을 연주한 거야!?
준 마리   그래요, 우리가 해냈어요.
평은   와~ 이제야 우리, 오케스트라 같지 않아요? 애들아! 우리 이제 좀 오케스트라 같다, 그치?

아이들 맞아! 맞아~!

다니엘 (능청스레) 원래 우린 오케스트라가 아니었던가? (아이들의 폭소가 터진다)

카이 짧은 기간이었지만 열심히 연습한 덕분에 이 정도라도 연주해 준 너희들이 참 대견하고 자랑스럽다. 하지만 여러분은 이제야 걸음마를 뗀 아기라는 점을 잊지 말아야 할 거야. 우리에겐 목표가 있어. 앞으로 한 달 후에 안산 예술의 전당 무대에서 공연한다는…… 한 달이란 기간은 공연을 위해선 턱없이 부족한 시간이야. 자, 모두들 눈을 감아 봐. (아이들, 눈 감는다) 지금 관객석에서는 너희들의 공연을 보러 온 사람들이 박수를 치고 있어. 박수 소리가 들리니? 그동안 너희들이 흘린 땀과 눈물의 결실을 보기 위해 멀리서 찾아온 관객들을 상상해 보렴…… 그러니까 어떻게 해야겠니?

선욱 열심히 할게요.

헤라 최선을 다 하겠어요.

원태 오줌 누는 시간 빼고는 죽자 사자 할 거예요. (아이들, 웃는다)

카이 고맙다, 난 너희들을 믿는다. 그럼 지금부터는 파트별로 연습하는 시간이야. 용재 오닐 선생님도 곧 오실 테니까 개별지도도 받을 수 있어.

아이들이 파트별로 연습한다. 카이가 헤라에게 다가간다.

(등장인물이 대화할 때, 다른 배우들은 마임으로 동작만 보여준다)

헤라   (손놀림을 멈추고) 선생님…… 미안해요.

카이   뭐가?

헤라   전 악보도 볼 줄 모르고…… 첼로 파트의 친구들이 악보를 보면서 빠르게 나가는 데도 전 느려요. 아니, 그냥 같은 자리에서 맴도는 날이 더 많아요.

카이   으응, 그래서 선생님이 헤라를 위해 따로 악보를 만들기로 했어. 쉽고 간단하게 현을 그을 수 있는 악보로 말이야.

헤라   고마워요, 선생님.

카이   누가 헤라를 '4차원'이라고 하더군. 자기만의 고집이 강해서 그래. 오케스트라는 여러 명이 함께 하는 거잖아. 자신만 생각하지 말고 옆 사람도 보고 주위도 살피면서 화음을 배웠으면 좋겠어. 첼로는 다른 사람들이 더 아름다운 소리를 낼 수 있도록 도와주는 악기야. 무슨 말인지 알겠지?

헤라   알아요, 선생님. 저는요, 달팽이처럼 느리지만 끝까지 멈추지 않고 움직일 거예요. 저에게 보물 1호는 첼로예요. 집에서도 열심히 연습하고 있어요. 첼로를 잡고 잠드는 날도 있는데, 첼로를 잡고 있으면 누군가를 안고 있는 느낌이 들어서 좋아요.

카이 (헤라의 머리를 쓰다듬어 준다) 그래? 이젠 걱정하지 않아도 되겠네.

이때, 아델리아가 뛰어놀다 은희의 첼로에 발이 걸려 넘어진다. 은희가 우는 소리가 들리자, 카이가 그 쪽으로 간다.

카이 은희야, 왜 울어?

은희 아델리아 언니가요, 제 첼로에 걸려서 넘어졌어요. 망가졌으면 어떻게 해요?

카이가 현을 하나하나 튕겨 보면서 첼로를 만지는 동안, 은희는 눈물을 글썽이면서 곁에 앉아 있다. 튜닝이 끝나고 다시 아름다운 소리가 울려 퍼진다.

카이 은희야, 공연이 얼마 안 남았는데…… 항상 조심해야 해.

헤라 쟤 첼로 별명이 뭔 줄 아세요? 불사조예요, 불사조…… 끄떡없을 거예요.

은희 용재 오닐 선생님이 자기 악기는 자기가 책임져야 한다고 했어요. 첼로가 아프면 진짜 나도 마음이 아파요.

카이 그래, 은희야, 첼로가 아프지 않게 잘 간수해야 한다. (은희를 물끄러미 보다가) 근데 은희야, 너 얼굴이 왜 그래? 열에 들뜬 얼굴인데…….

은희 아, 네…… 감기에 걸렸어요.

| 카이 | (은희의 이마에 손을 대본다) 이런─! 열이 펄펄 끓는구나. 병원 가서 주사 맞아야 할 것 같은데…… 연습할 수 있겠니? |

카이 (은희의 이마에 손을 대본다) 이런─! 열이 펄펄 끓는구나. 병원 가서 주사 맞아야 할 것 같은데…… 연습할 수 있겠니?

은희 (콧물을 훌쩍이면서도) 괜찮아요, 아프지 않아요.

카이 그렇게 오케스트라가 좋아?

은희 저는요, 늙을 때까지, 아니 죽을 때까지 오케스트라를 하고 싶어요. 첼로가 망가지면 무대에 설 수 없을지도 모른다는 걱정 때문에 가슴이…… 두근두근했어요. (가녀린 손으로 자신의 가슴을 감싼다)

고개를 끄덕이던 카이가 아델리아에게로 간다.

카이 아델리아, 넌 에너지가 넘쳐서 탈이야. 뛰어다녀도 괜찮지만 악기는 조심해.

아델리아 쌤…… 죄송해요, 주의할게요.

카이 한국에 온 지 3년째라며? 아직도 한국어가 어려워?

아델리아 어려워요, 특히 사회시간엔 어려운 단어가 자꾸 튀어나와서 골치가 아파요.

카이 하지만 음악은 모든 언어를 뛰어넘으니까…… 좋지?

아델리아 그럼요, 음악은 파티 같은 거라고 생각해요. 모든 사람을 즐겁고 행복하게 만들어주는 아주 신나는 것이니까요.

카이 아빠가 키르기스스탄에서 왔지?

아델리아 아빠 나라는 한국, 엄마 나라가 키르기스스탄이에요. 키르기스스탄에는 바다가 없어요. 한국엔 바다가 있어서 참 좋아요.

카이   제2바이올린 파트장으로 뽑혔을 때 기뻤어?

아델리아   제일 앞자리에서 용재 쌤의 눈을 가까이 바라보며 바이올린을 연주하는 게 행복해요.

카이   키르기스스탄이 그립지 않아?

아델리아   제가 살아오면서 가장 행복했던 시간은 키르기스스탄에서 살 때, 밤에 전기가 나가고 할머니와 둘이 누워서 할머니가 들려주는 옛날이야기를 들을 때였어요. 지금은 할머니가 돌아가셔서 너무 슬픈데…… 아! 얼마 전에 아빠랑 시골에 갔을 때 밤하늘의 별을 봤는데, 그 별들이 꼭 할머니 얼굴처럼 생겼더군요. 신기하죠?

카이   그리운 얼굴은 언제나 영혼을 사로잡는 법이지. 안산 예술의 전당에서 공연할 때 '반짝반짝 작은 별'을 연주하게 될 거야. 그때 또 한 번 할머니의 얼굴을 떠올리게 되겠구나…….

이때 용재 오닐이 등장하자, 원태가 기다렸다는 듯이 잽싸게 오닐의 옷자락을 잡고 구석진 곳으로 데려간다.

용재 오닐   왜 그래? 무슨 할 말이 있니?

원태   애들 앞에서는 챙피해서…… 선생님한테만 들려주려고요.

원태가 바이올린으로 유 레이즈 미 업(You raise me up)을 연주한다. 원태가 연주하는 선율에는 애잔함과 섬세한 감성이 스며 있다. 용재 오닐은 감동으로 떨며 원태의 손을 붙든다.

용재 오닐 원태야! 너, 언제부터 이런 곡을 연주할 수 있었어?

원태 바이올린을 배우게 되면서 이 노래의 악보를 구했죠. 시간이 날 때마다 틈틈이 연습했어요. 아무도 들어주는 사람이 없어도 바이올린을 켜고 또 켰지요.

용재 오닐 넌 이 노래의 가사를 알고 있니?

You raise me up, so I can stand on mountains
당신이 나를 일으켜 주시기에 나는 산 위에 우뚝 서 있을 수 있고
You raise me up, to walk on stormy seas
당신이 나를 일으켜 주시기에 나는 폭풍의 바다도 건널 수 있습니다.
이 노래는 사랑하는 친구가 힘들거나 아플 때, 가서 안아주고 기운을 북돋아주며 함께 멋진 세상을 만들어 가자는 의미를 담고 있어.

원태 가사는 몰라요. 5학년 때 좋아하던 담임 선생님이 뒤늦게 군대를 가게 됐어요. 선생님과 마지막으로 이별하던 날, 선생님이 들려준 곡이에요.

용재 오닐 그렇구나. (뚫어지게 원태를 보다가) 난 널 처음 만났을 때를 기억해. 말린 문어 다리를 질겅질겅 씹고 있었지.

원태 이젠 안 씹어요. 쉬는 날엔 하루에 12시간씩 하던 게임
도 때려 치웠고…… 것보다 오케스트라가 더 재미있으
니까요.

용재 오닐 요새 할머니, 할아버지 건강은 어떠셔? 엄마는?

원태 중국에서 온 엄마는 일 때문에 따로 살면서 가끔씩 찾아
와요. 엄만 약속을 안 지켜요. 만나러 오겠다는 날짜에
오지 않거든요.

용재 오닐 아직도 아빠 소식은 없고……?

원태 어느 날 갑자기 아빠가 찾아온다면…… 아빨 미워해야
할지, 좋아해야 할지 혼란스러울 것 같아요. 아! 나에게
도 아빠가 있었구나, 가슴 벅차기는 할 것 같지만요.

용재 오닐 원태야…… 지금까지 아무한테도 해 주지 않았던 내 어
린 시절 얘기를 해 줄게. 어릴 때 열병을 앓은 후, 지적
장애를 갖게 된 선생님의 엄마는 일곱 살 때 미국인 가
정에 입양됐어. 엄마는 성인이 됐어도 어린애처럼 천진
난만하고, 난 아빠 얼굴을 본 적이 없단다. 가난했지만
음악을 사랑한 할머니는 내가 다섯 살이 되던 해에 바이
올린을 선물해 주셨지. 평생 나의 친구가 될 음악을 선
물로 주신 거야. 할머니가 늘 말씀하셨어. 앉아서 불평하
기보다는 행동으로 옮기라고, 실패하든 성공하든 끝까
지 도전해 보라고…….

원태 그런데 선생님의 아빠 돌아가셨나요?

용재 오닐 살아 있는지, 죽었는지 모르지. 찾아보지 않았으니까.

원태   왜요? 왜 찾아보지 않았어요?

용재 오닐   …….

원태   전 어른이 되면 아빨 찾아갈 거예요. 지구 끝까지라 도…….

용재 오닐   어렸을 땐 내가 태어난 것이 실수라고 생각했어. 어떨 때는 살아 있을 가치도 없다고 생각한 적도 있었지. 그러나 난 곧 이 생각을 고쳐먹었어. 신은 목적 없이 아무것도 만들지 않아. 존재하는 모든 것은 목적이 있단다. 열여섯 살에 집을 떠난 뒤로는 늘 외로웠지. 그 외로움을 채워준 게 음악이었어. 인생에서는 많은 것들이 변하고, 사랑하던 것들도 다 떠나가지만, 단 한 가지 음악만은 평생 변하지 않을 거라고 난 믿어. 내가 이 세상에 왜 존재해야 하는가를 증명해 줄 수 있는 무언가를 늘 곁에 둬야 해. 알았지?

원태   맞아요, 전 죽을 때까지 평생 바이올린을 붙들고 살아갈 거예요. 그리고 저는요, '끝날 때까진 끝난 게 아니다' 이런 정신으로 살아가렵니다.

용재 오닐   그래, 그런 불굴의 용기, 불퇴전의 투지가 널 강하게 만들 거야. 살면서 넘어질 때마다 하나님이 널 다시 일으켜 세우기 위해서 넘어뜨린 거라고 생각하거라.

원태   선생님, 고마워요…… 잊지 않을게요. 오늘은 제가 다시 태어난 날 같아요. 이젠 더 이상 숨거나 도망가지 않겠어요.

용재 오닐   원태야, 넌 혼자가 아니야! 널 사랑하는 사람들이 있단
다. 넌 네 모습 그대로 충분히 믿음직스러워…….

용재 오닐이 원태를 따뜻이 포옹한다. 음악이 흐른다.

제3장 슬픈 유목민
– 학교에서, 거리에서

초등학교 화장실. 물 내리는 소리가 나고 다니엘이 등장하면 소년 셋이 그를 둘러싼다.

다니엘　(긴장해서) …….

소년1　똥 쌌냐?

다니엘　으응.

소년2　벌써 몇 번째 화장실을 들락날락 하는 거야?

다니엘　세 번…… 배탈이 났어.

소년3　더러운 똥, 여기서 싸지 말고 너희 나라로 가서 싸.

다니엘　……?

소년3　아프리카로 돌아가란 말야, 이 깜둥이 새끼야!

다니엘　왜……?

소년1　왜냐고? 너희 부모는 어디서 왔어?

다니엘　코, 콩고.

소년1　그러니까 콩고로 가란 말야, 네 부모 나라로.

이때, 형진 등장.

형진　(다니엘에게) 왜 그래? 무슨 일이야?

다니엘　애들이…… 날 보고…… 콩고로 가래.

형진　뭐? (애들을 노려보며)이 새끼들이 또 지랄이네. 야, 임마! 다니엘은 한국에서 태어난 한국 국민이야. 국민이 뭔 줄 몰라? 같은 국적을 가진 사람이 국민이라구. 한국인이 왜 이 나라에서 못 살고 콩고로 가야 해?

소년들　…….

형진　니들이 다니엘을 싫어하는 진짜 이유가 뭔데?

소년1　더럽고 냄새나고 시커멓고…… 우리완 다르니까.

형진　헐!! 다른 게 어째서 죄가 되냐? 서양 사람들도 우리완 달라. 설마 백인들을 싫어하진 않겠지?

소년2　아무튼 아프리카 흑인은 싫어.

형진　니가 아프리카에 뭐 십 원 한 장이라도 보태준 거 있냐? 선생님 얘기도 못 들었어? 인류의 조상은 아프리카에서 왔대. 아프리칸 우리 조상들의 땅이라구.

소년3　그렇게 좋으면 너나 거기 가서 살아.

형진　얌마, 넌 마이클 잭슨이 부른 유명한 '위 아 더 월드(we are the world)'란 노래도 모르냐? 세계는 하나야. 따지고 보면 지구촌 사람들은 다 가족과 같단 말야.

소년3　어쭈, 놀고 있네. 반장이라고 함부로 지껄이지 마.

형진　이 자식, 말 뽄새 하나 고약하네. 너 좀 맞아야겠다. 이리 와!

다니엘　(중간에 끼어들어 말리며) 형진아, 왜 이래? 참아, 네가 이러면 애들이 더 날 괴롭힌단 말야.

형진   내 오늘은 다니엘 봐서 참지만 한번만 더 다니엘을 놀렸다간 그땐 가만 안 둬. 알았어?

소년들   (마지못해 고갤 끄덕인다) …….

형진   알았음 빨랑 꺼져, 짜샤.

다니엘   (애들이 사라지는 걸 보고) 형진아…… 고마워.

형진   짜아식, 고맙긴…… (벤치를 가리키며) 앉자. (둘이 앉는다) 실은 말야, 내가 더 고마워.

다니엘   어째서?

형진   네가 오케스트라에 지원할 때, 나랑 같이 가지 않으면 너도 안 가겠다고 해서…… 난 별로 내키지 않아도 너 따라 갔잖아?

다니엘   그랬지, 원래 다문화 가정 아이들만 지원할 수 있는데 나 때문에 부모가 다 한국인인 너까지 받아들여졌지.

형진   그래서 난 오디션에서 떨어질 줄 알았어. 근데 해 보니까 좋더라.

다니엘   그치? 좋지? …… 난 태어나서 처음으로 요즘 행복해.

형진   그래? 그럼 다행이고.

다니엘   형진아, 내가 가장 듣기 싫어하는 말이 뭔 줄 알아?

형진   빡빡이, 깜둥이, 니그로, 시커먼스…….

다니엘   '넌 한국 사람과 다르게 생겼어'야. 난 여기서 태어났어. 엄마 고향 콩고, 내 고향 여기…… 난 라면, 쌀과자 좋아하고 세상에서 제일 좋은 나라는 한국이야. 난 여기서 살고 싶어…….

형진	그래, 알아. 아무도 너한테 콩고로 가라고 말할 수 없어.
다니엘	한 번도 가본 적도 없고, 어디에 있는지도 모르는 콩고는…… 내 나라가 아니야. 내전으로 수많은 사람들이 서로 죽이고 죽는 검은 대륙은 무섭기만 해.
형진	안다니까. 어떤 새끼가 또 콩고로 돌아가라고 하면 나한테 말해, 혼구멍을 내줄 테니까.
다니엘	형진아, 넌 나한테…… 완전 첫 번째로 좋은 친구야.
형진	(어깨동무하며) 그래 우린 친구야, 친구!
다니엘	난 말야, 전에는 축구를 좋아 했지만 지금은 오케스트라가 더 재미있어. 용재 오닐 선생님이 연주하는 걸 보고 그 순간부터 비올라가 무지무지 좋아졌지. 나중에…… 비올라를 켜는 사람이 되고 싶어.
형진	넌 할 수 있어, 음악에 재능이 있으니까.
다니엘	고맙다, 형진아.
형진	(어깰 툭 치고) 우린 친구야! 기쁠 때나 슬플 때나 늘 함께하는 친구…….
다니엘	(먼 하늘을 본다) 먼 훗날, 내가 음악을 만들면 제일 먼저 너에게 들려주고, 그 다음엔 엄마한테 달려가서 엄말 기쁘게 해 드리고 싶어…….
형진	그래야지, 너의 엄만 너무 불쌍해. 그리고 착해. 마트에서 일하다 허겁지겁 오케스트라 연습이 끝난 널 데리러 오잖아?
다니엘	(엄마 생각에 눈물이 그렁그렁해진다)…… 엄마를 기다리다 지

쳐 혼자 가는 날도 있어. 터벅터벅…… 그럴 땐 사막에 버려진 고아라는 생각이 든다니까. 정말 쓸쓸하고 막막해.

부분 조명 어두워지고 다른 쪽이 밝아오면 운동장이 내려다보이는 벤치. 헤라가 벤치에 앉아 운동장에서 뛰노는 아이들을 보고 있다. 소녀 셋이 등장하여 헤라를 꼬나본다.

헤라   (애들을 보고 시선을 돌려버린다) …….

소녀1   여기서 뭐 하니?

헤라   그냥…… 운동장에서 노는 아이들을 보고 있었어.

소녀2   아빠가 파키스탄에서 왔다며?

헤라   응, 하지만 엄만 한국 사람이야.

소녀3   엄마가 한국인이면 뭐 하니, 씨가 다른데.

헤라   내가 아직 엄마 배 속에도 있지 않을 때, 아빠가 한국에 왔어. 그러니까 난 한국 사람이야.

소녀1   한국말은 잘 하네, 다문화년 주제에…….

헤라   뭐, 다문화년~?

소녀2   너희 가족은 이슬람교를 믿는다며?

헤라   그래.

소녀2   그럼 돼지고기를 먹지 않겠네? 소고기도 안 먹고.

헤라   육류는 먹지 않아.

소녀3   근데 넌 왜 히잡을 쓰지 않니? 네 꼬라지엔 히잡을 쓰고 코란을 외우면 딱인데…….

혜라	어…… 난 히잡을 쓰고 싶지 않아, 한국인이니까…….
소녀1	한국인 좋아 하시네. 야, 이년아! 넌 튀기야, 튀기!
혜라	(벌떡 일어서며) 뭐라고? 너, 말 다 했어!
소녀1	그래, 다 했다. (머리를 들이밀며) 어쩔 건데?

이때, 후드 티의 모자를 쓴 선욱이가 등장한다.

선욱	뭐야, 왜들 이래?
혜라	언니! 얘들이 막 놀려. (선욱이 뒤편에 선다)
선욱	(애들에게 손가락질 하며) 이것들이 아직도 정신을 못 차렸군. 귀에 못이 박이도록 얘길 했는데도 또 이 짓거리야!
소녀2	쟤, 누구야?
소녀3	쉿, 6학년 학생회 간부 언니야.
선욱	니들, 몇 학년 몇 반이야?
소녀3	4학년 3반…… 요.
선욱	니들, 이참에 정신교육 좀 받아야겠다. 다들 땅바닥에 무릎 꿇고 앉아! (움직이지 않자, 거칠게 어깨를 눌러 앉힌다) 앉아! 앉으라구! 잘 들어라, 만약에 한국인인 니들 엄마가 일본 남자와 결혼해서 니들이 일본 학교에 다닌다고 치자. 일본애들이 니들에게 조센징이라고 놀리면 상처받겠지? 마음 아프겠지? 그래, 안 그래!

소녀들, 고개 끄덕끄덕.

선욱 역지사지, 입장 바꿔 생각해 봐, 이것들아. 오늘은 내가 참지만 다음에 또 헤라를 놀리면, 그 주둥이가 밤탱이 되도록 때려줄 거야, 알간! (소녀들, 주억거린다) 4학년 3반 이면 헤라와 같은 반 친구들이네. 친구끼리 사이좋게 지내면 좀 좋아? 다들, 일어서! (소녀들, 일어선다) 가 봐.

소녀들, 사라지고 헤라가 눈물을 주르륵 흘린다.

헤라 언니…….

선욱 (헤라의 눈물을 닦아주며) 울긴, 그깟 일 갖고…… (두 사람, 벤치에 앉는다) 실은 나도 전에는 많이 울었어. 하지만 이젠 울지 않아. 강해지기로 했으니까. 차돌처럼 단단해지기로…….

헤라 언니, 내가 왜 오케스트라에 들어간지 알아?

선욱 …….

헤라 처음엔 연주하는 게 재밌고 즐겁고, 또 캠프에 가면 친구들과 어울릴 수 있고…… 그러나 지금은 아니야. 오케스트라를 해서 유명해지고 싶어. 유명해지면 세계 각국의 사람들에게 음악을 들려주면서 이렇게 말할 거야. 다문화 가정의 어린이들 마음이 어떤지 아냐고. 얼마나 놀림 받고 따돌림 받고 상처받고 있는지 아냐고…… 그리고 자기 종교뿐 아니라 다른 종교에 대해서도 이해해달라고…… 그렇게 다 말해 주고 싶어.

선욱 알아, 네 마음을 내가 왜 모르겠니.

헤라 어릴 땐 아빠 원망하기도 했어. 엄마에게 울면서 왜 우리 아빠 파키스탄 사람이냐고 대들기도 했지. 엄마가 아빠랑 결혼했기 때문에 내가 이런 아픔을 겪는다고 생각해서 아빠를 미워했던 거야. 하지만 이젠 부모님을 이해하려고 애쓰고 있어.

선욱 그래야지, 그래야 하는 거야. 부모니까, 가족이니까…….

헤라 그래도 사람들이 손가락질하고 욕할 때는 여전히 받아들이기가 쉽지 않아. 내가 이 세상에서 사라졌으면 좋겠다고 여기는 게 뭔지 알아? 첫째, 욕이 없는 세상. 둘째, 놀림이 없는 세상. 셋째, 차별이 없는 세상이야.

선욱 아마도 그런 세상이 쉽게 오진 않을 거야. 그렇지만 그런 세상이 어서 빨리 오기를 빌면서 기도하자꾸나.

헤라 어른들도 선생님들도 우릴 지켜주지 못해. 우린 태어나는 순간부터 차가운 시멘트 바닥에 내동댕이쳐진 거야.

선욱 용재 오닐 선생님이 한 말 기억하니? 음악이 끝내 우릴 구제해 줄 거라는…….

헤라 그 말을 믿어?…….

선욱 온전한 믿음은 보이는 것은 물론이고 보이지 않는 것까지 다 믿는 거야.

헤라 요즘 난 집에서 혼자 연습하다 지치면 첼로를 안고 잠들어. 힘들 때마다 첼로를 연주하면 속이 뻥 뚫리는 게 참 신비해.

선욱 헤라야, 머나먼 길이 될지도 모르지만 언젠가 첼로가 너에게 행운을 안겨줄 거야.

헤라 정말 그럴까? 내게도 그런 날이 올까……?

선욱 건빵 봉지 안에 별사탕이 어디에 숨어 있는지는 아무도 몰라. 인생도 그것과 마찬가지야.

선욱이 헤라의 손을 굳게 잡는다. 두 사람, 먼 하늘을 본다.
부분 조명 어두워지고 장면이 바뀌면 글로벌아동센터로 가는 거리.
자기 몸보다 큰 첼로를 어깨에 멘 완우가 낑낑거리며 걸어가는데
소년 셋이 길을 가로막는다.

소년4 야! 최완우! 어디 가?

완우 으응…… (손으로 가리킨다) 저어기.

소년4 저기가 어디야?

완우 글로벌 아동센터.

소년5 어깨에 멘 그건 뭐야?

완우 첼로.

소년5 첼로? 니 꺼야?

완우 그래.

소년6 대박!! 야, 이 쪽발이 새끼야! 니까짓 게 꼴같잖게 첼로는 무슨 첼로야!

완우 나, 쪽발이 아니야. 우리 엄만 일본인이지만 난 한국 사람이야.

소년6   넌 누구 배에서 나왔는데?

완우   …… 엄마 배.

소년6   그러니까 쪽발이 새끼지.

소년4   야, 게다짝! 3·1절이 무슨 날인지 알지?

완우   무슨 날……?

소년4   임마, 왜놈들이 조선을 침략해서 36년간 지배하며 우리 조상들을 핍박했잖아? 기미년 3월 1일, 유관순 누나를 비롯한 조선 사람들이 독립 만세를 부르고…… 몰라?

완우   …….

소년5   그러니까 너도 한 번 당해 봐, 이 쪽발이 새끼야! (첼로를 잡아당겨 땅에 내팽개친다)

완우   안 돼! 그러지 마! (소년5, 첼로를 마구 짓밟는다. 완우, 온몸으로 첼로를 감싸며) 안 돼, 제발! 이건 내 목숨보다 더 소중한 악기야. 차라리 날 때려!

소년5   흥, 그래? 어디 한 번 맞아 봐. (발로 완우의 복부를 가격하자, 완우가 넘어지면 아이들이 덩달아 발길질을 한다)

완우   (첼로를 부둥켜안고 악쓰듯) 때려! 더 때려! 더, 더, 더……!

소년6   (길 쪽을 보고) 야! 저기 어른이 온다, 도망쳐!

소년들, 번개같이 내빼고 카이, 등장.

카이   (첼로 위에 엎드려 울고 있는 완우를 보고) 너…… 완우 아냐?

완우   (흐느끼며) 쌤…… 애들이 쪽발이라고 놀리면서 막 때렸어요.

카이   (완우의 얼굴을 만지며) 울지 마, 완우야…… 나쁜 놈들! 우리 착한 완우가 무슨 잘못을 했다고…….

완우   쌤! 전 3·1절이 싫어요. 3·1절을 없앨 수 없나요?

카이   …….

완우   전 독도도 싫어요. 한국도 일본도 아닌 다른 나라에 독도를 줘버리면 안 되나요?

카이   그건 안 되지, 독도는 우리 땅이니까.

완우   그럼 한국과 일본이 사이좋게 반반씩 나눠 가지면 안 될까요?

카이   그것도 안 되지. 국토는 나눌 수 없는 거란다.

완우   암튼 싸우는 건 무조건 싫어요. 전 놀림도, 따돌림도 없는 나라에서 살고 싶어요. 만약에, 만약에…… 그럴 수 없다면 요담에 커서 날 놀리고 때린 놈들에게 복수하겠어요. 반드시 복수하고 말 테야!

카이   완우야…… 음악은 사람들에게 즐거움과 기쁨만 주는 게 아니야. 절망에 빠진 사람에겐 용기를, 상처를 지닌 사람에겐 위로와 치유를 주지. 그게 음악의 힘이란다.

완우   음악의 힘이 그렇게 굉장한 건가요?

카이   그럼…… 넌 장차 훌륭한 연주가가 될 거야. 너, 아까 복수한다고 했지? 음악가의 복수는 총칼이나 주먹이나 음모로 하는 게 아니라, 더 좋은 음악으로 세상과 맞서는 거야. 더 좋은 연주로 사람들을 감동시키는 거란다. 훌륭한 연주가 널 괴롭힌 사람들에게 복수하는 가장 좋은 방법이란 말이야.

완우   쌤, 전 몰랐어요. 그렇게도 복수할 수 있다는 걸……

카이   완우야, 널 놀리고 때리는 아이들도 있겠지. 그런데 세상에는 널 이해하고 응원해 주는 사람들이 더 많다는 걸, 기억해 주렴.

완우   나쁜 아이들의 마음을 돌리기 위해선 오케스트라가 더욱 필요하겠군요.

카이   그렇고 말고…… 놀림과 따돌림을 당해 네 기분이 상할 때는 항상 완우를 최고라고 생각하고, 언제나 완우를 믿는 카이 선생님이 곁에 있다는 걸 잊지 마.

완우   쌤…… 고마워요.

카이   고맙긴, 우린 가족이야, 오케스트라 가족…… 가족한테는 고맙다는 말을 하는 게 아니야. 자, 일어나 가자. 더 힘차게 꿋꿋이 걸어가자꾸나.

카이, 첼로를 자신의 어깨에 메고, 완우와 함께 손잡고 걸어간다.

완우   아까 아이들이 첼로를 막 짓밟았는데…… 현이 끊어지지 않았는지 걱정돼요.

카이   걱정 마, 선생님이 고쳐줄게. 선생님 손은 '미다스의 손'이란 걸 알지?

완우   미다스의 손이요?

카이 응, 그리스 신화에 나오는데 미다스가 만지면 뭐든지 황금으로 변하는 마법의 손이지.

완우 우와! (엄지 척) 카이 쌤 최고!…… 이건 저와 쌤만의 비밀인데요.

카이 비밀?

완우 쌤은…… 나의 수호천사예요.

카이 그래? 완우도 나의 수호천사인 걸? 그럼 우리 둘 다 쌤 쌤이네-! (두 사람, 소리 내어 웃는다)

완우 결혼하셨어요?

카이 (뜻밖의 질문에 당황해서) 아, 아니…….

완우 저는 쌤이 빨리 결혼했으면 좋겠어요. 제가 쌤의 아이들을 만나보고 싶거든요. 그 아이들이 어떻게 생겼을지, 어떤 성격일지 정말 궁금해요. 쌤 아들이 자라면 꼭 쌤처럼 됐으면 좋겠어요.

카이 고마워…… 완우야.

완우 가족한테는 고맙다는 말을 하는 게 아니라면서요?

완우가 씨익 웃는다. 음악이 흐른다.

제4장 꿈의 날개를 달아라
– 두 번째 합숙 캠프

글로벌아동센터 강당. 무대 위에서 파트별로 연습에 열중하고 있다.

용재 오닐과 카이가 돌아다니며 연습 장면을 지켜보다가 틀린 곳을 지적해 준다. 용재 오닐이 가영이 옆에 갔을 때, 가영이가 주머니에서 반지 한 쌍을 꺼낸다. 코끼리 모양의 귀여운 커플 반지다.

가영 선생님, 이거……. (그러면서 오닐의 손가락에 끼워드리고 자신의 손가락에도 끼운다)

용재 오닐 아니, 이게 뭐지?

가영 커플 반지예요.

용재 오닐 고맙다, 가영아. 헌데 왜 이걸 나한테 주는 거지?

가영 (오닐의 귀를 끌어당겨서) 티처! 아이 러브 유!

가영이가 부끄러운 듯 두 손으로 얼굴을 가리면 오닐은 갑작스러운 사랑 고백을 듣고 기쁜 얼굴로 선욱에게 다가간다. 선욱은 후드 티의 모자를 항상 쓰고 있다.

선욱 선생님, 첼로랑 바이올린이 시끄럽게 떠들면요, 그 사이에서 비올라가 큰 언니처럼 중재해 주는 것 같아요. 바이올린 소리는 무척 높고, 첼로 소리는 매우 낮은데 비올라는 딱 그 중간이니까 서로 다른 소리, 그 사이에서 하모니를 만들어 주는 게 비올라가 아닐까요?

용재 오닐 와―! 우리 선욱이가 제법인 걸! 오케스트라에서 가장 중요한 게 하모니와 팀워크거든. 달리 말하면 오케스트라는 다양한 악기와 음악과 사람들이 만나서 화음을 이루어나가는 과정이지.

선욱 선생님, 오케스트라에서 연주할 때면 지휘자를 꼭 봐야한다고 말씀하셨잖아요. 그런데 우리는 악보도 봐야 하는데 어떻게 동시에 지휘자도 볼 수 있는 거죠?

용재 오닐 그러니까 악보를 전부 외워야지. 그래야 지휘자를 집중해서 볼 수 있지.

선욱 아, 그렇군요. 하지만 음정, 박자, 각종 낯선 음표들…… 악보는 너무 어려워요.

용재 오닐 어렵지, 그런데도 선욱인 연습벌레니까 잘 해내고 있어. (사이) 내가 전부터 선욱이한테 묻고 싶은 게 있는데…….

선욱 물어보세요.

용재 오닐 선욱인 왜 언제나 모잘 쓰고 있지? (선욱이가 오닐에게 고갯짓하고 둘이 구석진 자리로 가 앉는다)

선욱 이건 숨겨두었던 제 가족 이야긴데요…… 엄마는 필리핀 사람이에요. 초등학교 3학년 때 아이들이 내가 필리핀에서 왔다고, 그래서 까맣다고 놀렸어요. 화가 났고 억울했지요. 그때부터 가족 말고 다른 사람들 앞에서는 절대로 모자를 벗지 않겠다고 결심했죠.

용재 오닐 그랬군, 선욱이의 모자엔 그런 사연이 있었구나.

선욱 전 봄·여름·가을·겨울, 정말 다양한 종류의 후드가 달린 옷을 가지고 있어요. 아마도 전국에서 후드 티셔츠를 가장 많이 가진 아이일 거예요.

용재 오닐 난 선욱이가 언젠가 모자를 벗고 떳떳이 자신의 모습을 드러내는 날이 오길 바란다.

선욱 그런 날이 올까요?

용재 오닐 그럼…… 인생은 굉장히 불공평해. 사람들은 태어날 때 마치 포커 게임처럼 자신의 패를 가지고 태어나지. 선생님은 나쁜 패를 가지고 태어났지만 끝까지 포기하지 않았어. 무엇보다 너에겐 비올라가 있잖아. 다른 누구도 가지지 못한 특이한 패를 너만이 가지고 있다는 걸 잊지 말아야 해.

선욱 잊지 않을게요. 선생님도 잊지 말아 주세요. 선생님은…… 비올라라는 최고의 선물을 안겨주신 분, 음악이라는 새로운 세상을 만나게 해준 분, 나도 노력하면 뭐든지 할 수 있다는 희망을 갖게 해준 분이라는 것을요…….

용재 오닐 선욱아, 내가 너희들을 가르친 게 아니라, 오히려 너희들로부터 배운 게 더 많았어. 감사한 일이지…….

선욱이가 제 자리로 가고 오닐은 준 마리에게로 간다. 준 마리가 아이들에게 뭔가를 지시하다가 오닐이 옆에 오자, 멈춘다.

용재 오닐 계속해.

준 마리 아녜요, 선생님…… 다 끝났어요.

용재 오닐 마리야, 제1바이올린 수석에다 악장까지…… 맡고 있는 일이 너무 힘들지?

준 마리 아뇨.

용재 오닐 제1바이올린은 오케스트라에서 주 멜로디를 연주하는 악기이기 때문에 제1바이올린이 제대로 음을 이끌지 못하면 오케스트라 전체의 화음이 깨질 위험이 있는데 마리가 잘 해 주고 있어.

준 마리 전 너무 부족해요. 하지만 제가 오케스트라를 하면서 달라진 게 있어요.

용재 오닐 ……?

준 마리 저도 포기하지 않고 열심히 노력하면 선생님처럼 될 수 있으리라는 희망을 가지게 된 거요. 저도 선생님처럼 음악을 연주해서 다른 사람들이 저를 보고 희망을 갖고 꿈을 찾았으면 좋겠어요.

용재 오닐 그래, 마리가 아주 좋은 생각을 가지고 있구나. (사이) 지난번에 오디션 보던 날, 선생님과 부모님의 인터뷰 시간에 엄마가 한국말을 잘 못해서 마리가 통역을 했잖아? 지금은 어때, 엄마와 소통은 잘 되니?

준 마리 우리 모녀는 모국어가 달라요. 엄마는 영어로, 전 한국말로 대화를 하죠. 어려운 단어가 나오면 인터넷을 검색해서 각자 말하고 싶은 단어를 설명해야 해요. 그러다 보니 사소한 문제에서도 다툴 때가 많아요. 아빠가 있었다면 지금보다는 나았을 텐데…….

용재 오닐   아빠가 안 계시지?

준 마리   엄마와 아빠는 필리핀에서 만났어요. 전 일곱 살까지 필리핀에서 살다가 한국으로 왔죠. 아빠는 제가 초등학교 4학년 때 돌아가셨어요. 생전에 아빠가 처음으로 가르쳐준 한국 노래는 '아리랑'이에요. 아빠가 문득 생각나고 보고 싶을 땐 이 노랠 불러요.

마리가 허밍으로 아리랑을 부른다. 마리의 곁에 있는 제1바이올린 파트의 아이들이 따라 부르더니 차츰 다른 아이들도 동참한다. 허밍 코러스가 무대 위에 울려 퍼진다. 마리의 가슴 속에 슬픔이 차오르고 눈물의 강물이 흐른다.

오케스트라의 귀염둥이 꼬맹이 은희가 다가와 고사리 손으로 마리의 눈물을 닦아준다. 가영이가 마리에게 바이올린을 쥐어주면 마치 약속이나 한 듯이 아이들이 모두 악기를 들고 아리랑을 연주한다.

용재 오닐   (연주가 끝나자) 아리랑 아리랑 아라리오 / 아리랑 고개를 넘어간다 / 나를 버리고 가시는 님은 / 십 리도 못 가서 발병 난다……

아리랑은 한민족 오천년 역사의 애환이 담긴 노래야. 해

외에 있는 우리 동포들은 한국 축구팀이 외국팀과 싸워 이겼을 때 서로 어깨를 걸고 아리랑을 부르며 운단다. 한민족을 하나로 이어주고 묶어주는 기쁨과 슬픔의 노래…… 그게 아리랑이지.

준 마리   그랬군요, 그래서 아빠도 필리핀에서 이 노랠 부르면서 목메어 눈물을 글썽거렸어요. (손등으로 눈물을 훔친다)

용재 오닐   울지 마, 마리야…… 누구에게나 마음 속 깊은 곳에는 그리운 추억과 보고 싶은 사람이 있단다. 슬픔과 아픔을 간직한 사람들은 평범한 사람들이 가질 수 없는 특별한 감성을 지니게 돼. 그래서 마리의 바이올린 선율에는 아련한 그리움과 애잔함이 담겨 있었구나.

준 마리   선생님! 바이올린 연주를 잘 하게 되면 제일 먼저 엄마에게 자장가를 들려주고 싶어요.

용재 오닐   엄마에게 자장가를…… 그거 좋은 생각인데? (사이) 음악이 위대한 건 부러진 날개, 부러진 꿈의 날개를 다시 달아주기 때문이란다. 마리야, 어려운 집안 사정 때문에 포기해야만 했던 꿈의 날개를 달고 하늘 높이, 저 푸른 창공으로 훨훨 날아가렴…….

준 마리   날아가고 싶어요, 선생님…….

용재 오닐, 무대 구석에 쪼그리고 앉아 울고 있는 평은이를 발견하고, 그곳으로 간다.

용재 오닐 평은아! 너 울고 있니?

평은 (눈물로 범벅된 얼굴을 들고) 쌤…… 어떻게 해요? 첼로를 수리하러 온 아저씨가 금방 다녀갔는데, 수리비가 많이 나와서 새 것으로 사는 게 더 낫다고 했어요.

용재 오닐 그래? (첼로를 만지고 살펴보다가) 카이 선생님! 이리 좀 와 보세요. (카이가 오자) 평은이 첼로가 회복이 어려울 만큼 망가졌는데 어쩌죠?

카이 원칙적으로는 평은이가 책임을 져야 하는데…….

용재 오닐 무슨 방법이 없을까요?

카이 글쎄요…… 평은이 엄마를 만나봐야겠네요.

용재 오닐 그러지 마세요.

카이 왜요?

용재 오닐 보나마나 어려운 분인데…… 부담이 많이 될 거예요. 내가 어떻게든 해 보죠.

카이 네, 알겠습니다. (물러간다)

평은 쌤…… 이 은혜를 어찌 갚아야…….

용재 오닐 (평은이 곁에 앉는다) 평은이는 아빠가 안 계시지?

평은 제가 다섯 살 때, 아빠가 교통사고로 돌아가셨어요. 엄마는 지병이 있어 자주 병원에 가는데요. 실은 엄마한테 첼로를 사달라고 얘기할 형편이 못 돼요. 엄마는…… 음…….

용재 오닐 안다, 네 마음…… 선생님 엄마도 굉장히 아프셔서 어릴 때부터 뇌가 안 좋았어. 그래서 선생님이 아빠 대신에 보호자 역할을 해야만 했지. 우리 집은 가난해서 선생님은 기숙학교에 들어가서도 돈을 벌어야 했단다. 평은이도 어렸을 때의 나처럼 가족에 대한 책임감이 아주 클 거야. 하지만 이걸 기억해. 넌 정말 영리하고 똑똑하며 누구보다 강한 사람이라는 것을…….

평은   쌤…… 전 강하지 않아요.

용재 오닐 그렇지 않아. 사람들은 때때로 자기 자신이 누구이며 무엇인지 모를 수가 있어. 그리고 이건 선생님이 자주 떠올리는 문장인데, 너에게도 들려주고 싶어. "그 어떤 나쁜 것이든 너를 죽이지 않는다면 그것은 너를 더욱 강하게 만들어 줄 것이다……."

평은   쌤이 들려준 그 말은 두고두고 큰 힘이 될 거예요.

용재 오닐, 평은이의 어깨를 두드려 주고 바이올린을 튜닝하고 있는 한위에게로 간다.

용재 오닐 안녕, 레이디 가가!(lady gaga)

한위   안녕, 레이디 용재!

용재 오닐 선생님을 놀려, 요게…….

한위   선생님도 놀렸잖아요, 레이디 가가라고.

용재 오닐 난 놀린 게 아닌데…… 존칭이야.

한위   저도 존칭이에요, 레이디 용재.

용재 오닐 얼씨구? 한 마디도 지지 않고 대꾸하네. 연습은 잘 되니?

한위　　그럼요…… 기다리고 있었어요.

용재 오닐　날? 왜~?

한위　　부탁이 있거든요.

용재 오닐　부탁?

한위　　절 위해 '아베 마리아'를 연주해 주시겠어요?

용재 오닐　흠, 무슨 이유라도 있니?

한위　　제 할머니가 좋아하는 곡이에요.

용재 오닐　할머니? 할머니가 어디 계신데?

한위　　어릴 때 전 중국에서 외할머니와 같이 살았어요. 여섯 살이 되던 해, 부모님이 한국으로 일하러 가시면서 외갓집에 맡겨졌고, 그 후 몇 년 동안 시골에서 할머니랑 살았죠. 한국으로 오게 되면서 할머니를 볼 수 없게 돼서 무척 슬퍼요.

용재 오닐　그랬구나, 나도 여섯 살 이후엔 시골에서 할머니랑 살았지.

한위　　와우~! 선생님도 시골에서 어린 시절을 보냈군요! 제가 살던 시골 마을은 산도 있고 밭도 있고 강아지도 있었어요. 지난 번 오케스트라에서 보성으로 여행 갔을 때, 산과 밭을 보니 할머니 얼굴이 떠오르고 제가 키우던 강아지도 생각났죠. 슬프고 그립고 가슴 설레는 시골 풍경이었어요.

용재 오닐　네 할머니와 나의 할머닌 비슷한 점이 많네. 나의 할머니도 어려운 가정 형편인데도 음악을 사랑하셨어. 나의 음악적 재능을 꽃피게 하신 할머니가 돌아가시던 날, 온 세상이 끝나버린 것처럼 막막했지. 내 인생에서 할머니가 돌아가신 게 가장 견디기 힘들더구나.

한위 선생님은 어째서 할머니랑 사셨나요? 부모님은 안 계셨어요?

용재 오닐 애초에 아빠는 없었고 미혼모였던 엄마는 정신적으로 어린 아이와 같은 분이야. 힘든 삶을 이겨내게 한 건 할머니가 사주신 바이올린이었지.

한위 다음 달 콘서트에 꼭 초대하고 싶은 사람은 외할머니에요. 선생님! 그래도 되죠?

용재 오닐 그럼, 되고말고.

한위 와—! 신난다! 외할머니를 공연에 초대하면 제가 꼭 들려주고 싶은 노래가 '아베 마리아'예요.

용재 오닐 우리 할머니도 그 노랠 좋아하셨어. 할머니가 몹시 그리울 때면 난 그 곡을 연주한단다.

용재 오닐이 슈베르트의 '아베 마리아'를 연주한다. 한위의 기쁨에 넘친 얼굴은 마치 동정녀 마리아의 순결한 모습 같다.

제5장. I'm so proud of you
– 첫 번째 공연

안산 문화예술의 전당 공연자 대기실. 아이들이 소란을 피우며 왁자지껄 떠들고 있는데 카이 등장.

카이　다들 주목! (아이들, 잠잠해진다) 오늘 우리는 클래식 연주자 그룹인 '디토 오케스트라'가 공연하는 무대에서 특별공연 형식으로 참가하여 본 공연이 끝난 후, 마지막 순서로 무대에 서게 된다. 현악기를 전혀 연주해 본 적 없는 너희들이 3개월 만에 관객 앞에서 공연하게 되어 선생님은 무척 기쁘고 감격스러워서 목이 메는구나. 아무쪼록 지금까지 흘린 땀이 헛되지 않도록 최선을 다해 주기 바란다.

무대, 암전됐다가 배경막에 디토 오케스트라의 연주 장면을 잠시 동영상으로 비추고 동영상이 사라지면 핀 조명 속에 용재 오닐의 모습이 드러난다.

용재 오닐　(관객들에게) 지금부터 아주 특별한 오케스트라를 소개할게요. 3개월 전 저는 열두 명의 아이들과 처음 만났습니다. 그때 아이들은 오케스트라가 무엇인지 몰랐는데, 오늘 이 아이들이 처음으로 관객 앞에서 연주를 합니다.
여러분, 아이들의 무대를 지켜봐 주세요.

오케스트라 박스에 조명이 들어오고 지휘대에 선 오닐이 지휘봉을
휘두르면 모차르트의 '반짝반짝 작은 별'이 연주된다. 짧은 첫 곡의
연주가 끝나자 폭풍 같은 박수가 휘몰아쳤다. 오닐은 양손의 엄지
손가락을 치켜들면서 자신의 어린 제자들에게 경의를 표한다.
오케스트라의 두 번째 곡 베토벤의 '교향곡 9번 합창'은 그 웅장함
과 화려함으로 또 다른 감동을 자아냈다. 연주가 끝나고 관객들이
썰물처럼 빠져나갈 때, 무대 뒤편에서 카이가 오케스트라 박스로
다가온다.

카이   애들아~ 오늘 공연 어땠어?
용재 오닐 선생님 멋있었지?
아이들   네! 좋았어요!! 엄청!!!
카이   마에스트로가 얼마나 멋졌는지 말씀드려.
은희   하늘만큼, 땅만큼요!
다니엘   우주를 뚫고 나갈 만큼요-! (아이들이 함성과 웃음을 터뜨린다)
용재 오닐 I'm so proud of you…… 나는 너희가 정말 자랑스러워.

용재 오닐이 두 팔을 머리에 올려 커다란 하트를 그린다. 아이들
한 명 한 명을 따뜻이 안아주던 그의 뺨 위로 눈물이 흘러내린다.

용재 오닐 이건 기쁨의 눈물이에요, 해피 눈물……. (눈물을 닦으며 퇴장)

카이 난생 처음 악기를 잡은 너희들이 겨우 석 달 만에 모차르트와 베토벤을 연주하다니…… 모든 음악 전문가들이 불가능하다고 했지만 결국 너희들은 해냈어. 아직은 서툴고 불안한 소리지만 너희들이 만들어 낸 화음은 솔직 담백하고 감동이 있었지. 그러나 이것은 또 다른 도전을 위한 시작에 불과해. 이제 여러분 앞에는 연말 단독 콘서트라는 어려운 과제가 기다리고 있어. 오늘은 너희가 손님으로 참여했지만 연말 공연은 너희가 주인공이야. 그땐 오늘보다 더 잘 할 수 있겠지?

아이들 (일제히) 네-!!!

카이 다들 해산! (퇴장)

비로소 긴장에서 풀려난 아이들이 서로를 부둥켜안고 울기도 하고 웃기도 한다.

원태 가슴 벅차오르는 긴장과 흥분! 이런 기분은 처음이었어.

아델리아 청중의 우렁찬 박수를 받았을 때 느끼는 짜릿한 희열!

준 마리 연주를 통해 우리가 하나가 될 수 있을까? 이런 의문을 갖고 있었는데, 음악으로 모든 게 가능하구나!…… 물음표가 느낌표로 변하는 순간이었어.

평은 (아델리아를 가리키며) 쟤는 용재 쌤만 미친 듯이 바라보다가 몇 번 틀리더라.

아델리아　아냐, 얘…….

평은　저 봐, 얼굴 빨개지잖아? 암튼 저 여우 같은 게 오늘 용재 쌤 때문에 눈이 호강했어.

아델리아　(눈 감으며 간절히) 아유~! 난 오늘…… 죽어도 좋아.

원태　헐!! 너, 시방 영화 찍냐?

아이들 웃는다. 음악이 흐른다.

제6장. 할머니의 죽음
– 적멸을 향하여

무대 어두운데 부분 조명 들어오면 용재 오닐이 운전대를 잡고, 옆 좌석에는 어머니가 앉아 있다.

용재 오닐 안전띠 매요. (어머니, 안전띠 맨다) 자, 그럼 이제부터 워싱 턴 주의 작은 마을 스큄을 향해 출발! (시동을 건다, 자동차 가 서서히 움직이는 소리) 엄마, 오랜만에 고향집으로 가니 까 좋아?

어머니 응. 소, 소풍 가는 거 같아.

용재 오닐 소풍? 엄만 아직도 어린애 같아서 좋아…… 얼마만이지?

어머니 10년, 20년…… 몰라.

용재 오닐 나, 한국에 있는 아이들에게 음악 가르치고 있어…… 부 러워?

어머니 아니야, 난 기뻐.

용재 오닐 어째서?

어머니 가진 것을 나누고 다른 사람을 돕는다면 세, 세상은 더 살 만한 곳이 되니까.

용재 오닐 스큄 마을엔 어릴 때 살던 집이 있고, 할머니 유골을 뿌 린 바다가 있고…… 하지만 아픈 기억들이 있는 곳이기 도 해.

어머니　…….

용재 오닐　엄마, 내가 태어났을 때 기억나요?

어머니　네가 태어났었나?

용재 오닐　제가 언제 태어났는지 몰라요?

어머니　1978년에 태어났잖아, 12월 31일.

용재 오닐　(독백) 혼자 고통 받던 어린 시절, 누군가 내게 인생에 대해 얘기해 줬다면 얼마나 좋았을까…….

어머니　누가 널 보고 혼자 사느냐고 물었어?

용재 오닐　(픽 웃는다) 아냐, 엄마…… 어, 다 왔네. (시동 끄고) 내리자.

두 사람이 걸어가면 무대 밝아진다. 용재 오닐, 어머니 손잡고 여기 저기 둘러본다.

용재 오닐　전부 다 옛날 그대로네. 옆집 친구 발브로가 농부였는데 나도 커서 농부가 되고 싶었어요. 아…… 나무들도, 지붕도, 굴뚝도 그대로 있네. 저기가 내 침실이에요. 할아버지가 수백 개의 LP판을 가지고 계셨는데 난 침실 창밖으로 산을 내다보면서 몇 시간씩 음악을 듣곤 했죠. 우리 동네의 웅장한 화산, 황량한 바다, 녹음이 우거진 숲…… 그 모든 풍경들은 정말 황홀했어요. 자, 안으로 들어가 볼까요? (둘이 걸어 들어간다) 엄마, 여기 잠깐 의자에 앉아 계세요. 할머니 방에 갔다올게요.

어머니는 앉고 용재 오닐은 구석 자리로 간다.

용재 오닐 저기에 할머니 침대가 있었지. 돌아가시기 한 달 전부터 거동이 불편해서 늘 누워 계셨어. (침대로 다가간다. 부분 조명으로 바뀌고 할머니가 누워 있다. 회상 장면이다)

할머니 (침대에 누운 채) 리처드…… 왔구나.

용재 오닐 할머니, 유럽 연주 여행을 다녀왔어요. 죄송해요, 자주 찾아뵙지 못해서…….

할머니 (일어나 비스듬히 기댄다) 난 괜찮아. 황혼이 오기 전에 젊은 사람은 바쁘게 살아야 해.

용재 오닐 요즘 건강은 어때요, 식사는 잘 하세요?

할머니 그럭저럭 해. 연주 여행은 어땠니?

용재 오닐 성공적이었어요, 매진이에요.

할머니 다행이구나. 하지만 환호와 고독 사이에서 시소를 잘 타는 게 중요해. 예술가는 명성의 노예가 되면 안 되지…… 리처드.

용재 오닐 네?

할머니 우주엔 천 억 개의 은하계가 있고, 각각의 은하계는 천 억 개의 별을 거느리고 있단다. 지구라는 행성은 광대무변한 우주 속에서는 티끌처럼 아주 작은 별에 지나지 않아. 그런 티끌 속에 사는 인간은 얼마나 보잘 것 없는 존재냐?

용재 오닐 알아요, 할머니. 그래서 늘 겸손해지려고 노력하고 있어요.

할머니 음악은 세계를 지배하는 언어야. 음악의 힘은 광대한 거지. 넌 음악으로 세상에 나아가 큰 별이 돼야 한다. 수많은 작은 별들과 어울려 은하수의 중심이 되거라.

용재 오닐 은하수요?

할머니 그래, 밤하늘을 아름답게 수놓는 은하수 말이다. 때때로 눈을 들어 하늘의 장대함을 봐야 해. 네가 훌륭한 연주자나 지휘자가 되고 싶다면 숲의 냄새를 맡고, 보이는 모든 걸 눈에 담고, 들리는 모든 소리에 귀를 기울여야 해. 음악은 선율로 전해지지만 궁극적으론 이야기를 하기 때문에 경험이 중요한 거야.

용재 오닐 가슴에 새길게요, 할머니.

할머니 리처드…… 내가 하는 말, 명심하거라. 내가 세상을 떠나면 네가 보호자다. 네가 엄마를 돌봐야 한다…… 돌이켜보면 넌 다른 아이들보다 빨리 어른이 되어야 했어. 엄마가 장애가 있으니까 넌 어리광이나 투정을 부릴 수도 없었지.

용재 오닐 저는 어머니를 사랑해요. 이 세상 그 누구보다 사랑합니다. 그렇지만 제 인생에서 힘든 일이 생겼을 때, 엄마에게 달려가서 위로받을 수도 없었고, 전화해서 조언을 해달라고 말 할 수도 없었고, 도와달라고 할 수도 없었죠. 모든 걸 제 스스로 알아내고 해결해야만 했습니다. 그것이 너무나 괴롭고 힘들었어요.

할머니 알아, 하지만 그게 네 운명이라면, 운명을 사랑해야 지…… 리처드, 넌 죽음 이후를 생각해 봤니?

용재 오닐 …….

할머니 며칠간 침대에 누워 죽음에 관한 명상을 했단다. 내 얘 기 좀 들어볼래?

용재 오닐 네.

할머니 첫째, 자연사는 신의 은총이야. 죽음에는 여러 가지 종류 가 있지. 사고사, 병사, 자살, 피살, 처형…… 같은 끔찍한 죽음이 아니어서 난 참 다행이라고 생각해. 둘째, 죽음은 연극의 대단원처럼 아름다운 거야. 연극의 기승전결과 생로병사는 서로 잘 맞아떨어지지 않니? 죽음은 삶의 극 적 완결이라는 말이지. 삶이 아름다웠던 사람은 죽음도 아름다운 법이야. 셋째, 죽음은 무에서 무로 돌아가는 거 야. 우리는 어디서 와서 어디로 가는 걸까? 형체도 없던 존재가 생명체로 탄생했다가 다시 흔적도 없이 사라지 는 거지. 적멸을 향해서…….

용재 오닐 적멸을 향하여…… 적멸의 끝은 어디인가요?

할머니 어딜까…… 적멸의 끝은 허무겠지. 솔로몬은 인생의 결 론을 이렇게 정리했어. 배니티 오브 배니티스 올 이즈 배니티 (vanity of vanities all is vanity: 헛되고 헛되니 모든 것이 헛되 도다)

용재 오닐 할머니, 오늘은 왜 이렇게 말씀이 많으세요?

할머니 (가쁜 숨을 몰아쉬며) 그러니 얘야, 내가 죽거든 화장해다오.

유해는 내 고향 스큄의 바다에 뿌려줘. 육신의 티끌이 저 넓은 바다를 떠도는 동안 영혼은 광활한 우주의 궁창을 유영하겠지. 영혼만 있는 천국은 여기보다 나을 거야. 모든 죄는 육체가 짓는 것이니까, 죄 없는 세상은 한없이 평화로울 테지. 여기보다 더 나은 집으로 이사 가는 거니까, 내가 죽더라도 너무 슬퍼하지 마.

용재 오닐 할머니, 왜 그런 말씀을 하세요?

할머니 (몇 번 마른 기침을 한다) 리처드…… 이게 아닌데, 이게 아닌데…… 몇 번이나 고갤 저을 때가 있었지? 하지만 불행과 슬픔도 행복과 기쁨처럼 삶의 일부야. 살아있다는 것 자체, 인생 그 자체가 신의 선물이라고 생각하거라. 주먹 꼭 쥐고 묵묵히 걷다보면 언젠가 찬란한 너의 미래와 만나게 될 테지. (기침한다) 리처드, 진실로 소중한 사람은 영혼의 끈으로 서로를 묶어두려 한단다. 살아서나 죽어서나 난 늘 네 곁에 있을 거야. 광야 같은 이 땅에 살면서 시련이나 고난이 닥칠 때마다 보이지 않는 곳에서 널 성원해 주는 사람들이 있다는 걸 잊지 마.

용재 오닐 알아요, 그런 사람들의 맨 앞자리에 할머니가 계시다는 걸…….

할머니 사랑하는 리처드, 귀여운 아가야. 넌 바빠서 내 생전에는 또 찾아올 수 없을 테지. 그래서 지금, 다시는 들을 수 없는 노래, 내가 좋아하는 그 곡을 연주해 주겠니……?

용재 오닐 네, 할머니.

용재 오닐, 비올라를 찾아내 '아베 마리아'를 연주한다. 음악이 흐르면서 방안의 조명이 할머니의 죽음을 예고하듯이 조금씩 어두워지다가 마침내 완전한 어둠이 된다.

용재 오닐 (어둠 속에서) 할머니…… 이 곡 어때요?

할머니 (어둠 속에서) 정말 좋았어. 네가 날 울게 만들었어. 리처드, 마지막으로…… 이거 하나만은 꼭 기억하거라. 바흐와 모차르트, 베토벤과 브람스는 당대의 고정관념을 깨려고 처절하게 몸부림쳤다는 사실을…….

용재 오닐 모든 위대한 것들은 고정관념과의 싸움의 결과라고 말한 건 할머니였어요.

이때, 으아아~악!!! 거실 쪽에서 단말마의 비명이 들린다.
무대 밝아지고 용재 오닐이 할머니 방에서 뛰쳐나온다. 어머니가 눈을 질끈 감고 귀를 틀어막은 채 사시나무 떨 듯 떨고 있다.

용재 오닐 엄마! 왜 그래? (어머니의 팔을 붙든다)

어머니 (헐떡이며) 넌 보지 못했니? 듣지 못했어? 할머니의 유…… 유령을 봤지?

용재 오닐 유령이라고! 무슨 소리야? 난 그저 할머니 방에서 옛날 생각에 잠겨 있었는데…….

어머니 아니야, 난 분명히 할머니 으, 음성을 들었어. 저기 지하로 내려가는 계단에서 얼핏 스쳐가는 옷자락도 봤

고…… 돌아가자, 이 집 도처에 할머니의 유령이 살고
있어.

용재 오닐 엄마! 엄마가 고향집이 보고 싶다고 해서 우린 6시간이
나 자동차를 타고 이곳에 왔어. 오자마자 돌아가자니 엄
마 제 정신이야! (말을 하고나서 실수임을 깨닫고) 어…… 미안
해, 엄마. 그런 뜻으로 한 말이 아니고…….

어머니 어서 가자, 내가 잘못 생각했나 봐.

용재 오닐 왜 그러는데? 이 집이 무서워?

어머니 난…… 다 잊었다고 생각했다. 헌데 과거는 살 속에 박
힌 파……파편처럼 오래 남는 거야.

용재 오닐 엄마에게 잊히지 않는 과거가 뭔데? 엄만 할머닐 좋아했
잖아?

어머니 좋아하는 척했지. 난 늘 할머니가 두려웠다. 그래서 할머
니 말엔 무조건 복종했어, 하, 하인처럼…….

용재 오닐 어째서 할머니가 두려워?

어머니 …….

용재 오닐 왜!?

어머니 또 버려질까 봐서…….

용재 오닐 버려진다고? 할머닌 엄말 자기 자신처럼 아니, 어쩌면
자신보다 더 엄말 사랑했어. 배 아파서 난 자식이 아니
라서, 입양한 딸이어서 할머니가 엄말 사랑하지 않았다
고 지레 짐작하고 맘속에서 할머닐 밀어낸 거야!

어머니 밀어낸 적 없다. …… 할머닌 내 첫 번째 양어머니가 아

니었어. 네 조, 조부모는 나의 네 번째 양부모였지.

용재 오닐 네 번째라고? 그럼 첫 번째, 두 번째, 세 번째는 누군데?

어머니 1958년, 한국에서 미국으로 처음 왔을 때 입양된 가정의 양아버진 수, 술 주정뱅이었지. 술만 취하면 날 때렸어. 두 번째 양아버진 내 모, . 몸을…… 아니다.

용재 오닐 뭐가 아니야? ……어릴 때부터 난 엄마가 이상했어.

어머니 뭐, 뭐가?

용재 오닐 엄만 여름에도 긴 소매 블라우스를 입었잖아?

어머니 으응, 그, 그건…… 남들한테 파, 팔을 보이기가 부끄러워서…….

용재 오닐 왜 부끄러웠지?

어머니 그 일을 당할 때마다…… 내가 팔에 며, 면도칼로 그었는데…….

용재 오닐 그 일이라니? 도대체 뭔 일이 있었던 거야!

어머니 제, 제발, 더 이상…… 가, 가슴이 터질 것 같아……. (소매로 눈물을 닦는다)

용재 오닐 (어머닐 안아주며) 알았어, 더 이상 묻지 않을게…… 다 지나간 일이야, 엄마.

어머니 (포옹에서 벗어나며) 세 번째 양부모는 내가 지……지능이 모자라는 바보 천치라고 멸시하고 구박하다가 날 버렸지.

용재 오닐 뭐야! 엄마가 바보라고? 우리 엄만 똑똑한데…….

어머니 (히죽이 웃는다) 고마워, 아들. 치, 칭찬해줘서…… 네 번째로 네 조부모에게 입양됐을 때 엄마가 처한 상…… 상황을 이젠 이해하겠지?

용재 오닐 할머니, 할아버진 절대로 엄말 버릴 사람들이 아냐. 할머
닌 돌아가시기 얼마 전까지도 내게 엄말 돌봐야 한다고
신신당부하셨어. 할머니한테 엄마는 '아픈 손가락'이었
다고.

어머니 나도 알아, 네 할머닌 좋은 분이지. 유, 유식했고…… 하
지만 모두 저 세상으로 떠났잖니. 지상에 남은 가족은
너 하나뿐인데…… 넌 세계가 앞마당인 것처럼 싸돌아
댕기니, 부, 불행하게도 난 다시 1950년대 한국전쟁 고
아 이복순이 됐구나. 이제 난 콜린 오닐이 아니야……
그래서 서글퍼.

용재 오닐 그런 소리 하지 마, 엄마. 난 외국에 나갔을 때도 매일 엄
마랑 통화했어. 난 단 한 순간도 엄말 잊은 적이 없다고.

어머니 그래, 넌 효자지. 아암, 효자고 말고…….

용재 오닐 엄마, 할 얘기가 있는데 앉아 봐요. (둘이 나란히 앉는다)

어머니 무슨 얘기야?

용재 오닐 한국에 있는 아이들에게 음악을 가르친다고 말했지?

어머니 응.

용재 오닐 그 아이들 중의 하나가 내게 용기를 줬어. 그래서 아빠
를 찾기로 결심한 거야.

어머니 리처드…… 뜨, 뜬금없이 뭔 말이야? 아, 아빠라니…….

용재 오닐 친아버지를 찾기로 했다니까. 엄마 말처럼 이젠 우리
둘밖에 없잖아? 언젠가 엄마도 아빠 소식 궁금해 하셨

고…… 무엇보다 내 자신의 뿌리를 찾고 싶었어.

어머니 그만 둬. 벌써 잊었니?

용재 오닐 무얼?

어머니 잃어버린 내 가족을 찾겠다고 세, 세 번씩이나 한국에 갔었잖니?

용재 오닐 홀트아동복지회 직원이 말했잖아. 너무 오래 전에 입양 돼서 서류가 다 폐기됐다고…….

어머니 그래서 난 포기했지. 또 다시 배…… 배신당하고 싶지 않아.

용재 오닐 아버질 찾는 일은 엄마의 경우완 달라.

어머니 결코, 다시는 고국에 돌아가지 않겠어. 난 이곳에 뼈를 묻을 거야. 내 고향은 아메리카…… 바로 여기니까.

용재 오닐 엄만 포기했지만 난 포기하지 않아.

어머니 어떻게 찾을 건데?

용재 오닐 엄마, 할머니, 할아버지한테서 들었던 온갖 기억과 정보들을 하나하나 꿰어 맞추면서 수소문한 결과, 얼마 전에 아빠 친척이라는 분한테서 연락이 왔어. 한 번 알아보겠대.

어머니 (활짝 웃으며) 뭐, 뭐라고! 그게 정말이야?

용재 오닐 그렇다니까. 아빤 어떻게 생겼지? 성격은 어떻고? 엄만 아빨 처음 어디서 만난 거야?

어머니 휴~ 40년도 더 지난 일인 걸. 기…… 기억이 가물가물 해. 아마 지금 거리에서 만나도 네 아빨 알아보지 못 할 거야.

용재 오닐 그동안 아빠가 그립지 않았어?

어머니 …….

용재 오닐 난 어렸을 때 많이 그리워했는데. 아빠 있는 아이들이 제일 부러웠고…….

어머니 그만 하면 애비 없이도 넌 잘 컸어.

용재 오닐 아니, 난 지금이라도 아빠 만나고 싶어. 내 꿈이 뭔 줄 알아? 아빠 앞에 당당히 서서 "안녕하세요?" 인사하고 "아버지, 제가 당신의 아들입니다. 제 연주를 들어보시겠어요?" 이렇게 말한 다음 비올라로 연주해드리는 거야. 내 연주를 들으면…… 틀림없이 아빠 날 좋아하게 될 거야.

휴대폰이 울리자 용재 오닐, 받는다.

용재 오닐 네, 리처드 용재 오닐입니다. 아, 아저씨…… 어찌 됐나요? 아버질…… 찾았다고요! 엄마, 아빠 찾았대! (사이) 네, 그런데요…… 돌아가셨다고요? 언제…… 네, 알겠습니다. 고마워요, 수고하셨습니다. (전화 끊고, 풀이 죽어서) 아빠가…… 5년 전에 돌아가셨대.

어머니 (아들의 손을 잡는다) 시, 실망하지 마, 어차피 우리완 인연이 없는 사람이다.

용재 오닐 …….

어머니 자기 아들이 이 땅에 태어났다는 사실을 알면서도 다,

단 한 번도 얼굴을 볼 수 없었던 네 아버진 평생 슬픔과
아픔을 가슴에 간직한 채 살았을 텐데…… 이젠 보고 싶
어도 볼 수 없고, 만나고 싶어도 만날 수 없게 됐구나. 이
럴 땐 네 할머니가 자주 하던 말…… 그 뭐냐…….

용재 오닐 아모르 파티(Amor Fati), 운명을 사랑하라.

어머니 그렇지만 리처드…… 그 사람이, 그 사람이 살아있다면
너한테 더 좋았을 텐데…….

용재 오닐 괜찮아, 난 엄마만 있으면 돼. (어머닐 끌어안고) 엄마, 오래
오래 사셔야 해요. 엄만 무엇보다 소중한 나의 모든 것
이니까…….

어머니 고마워, 아들…… 넌 나의 모든 것의 모든 것이야. 리처
드…… 내게 있어 인생은 언제나 텅 빈 시간, 브, 블랭크
였어. 아무 것도 생각할 수 없었고 생각하고 싶지도 않
았지.

용재 오닐 생각하지 마. 세상의 모든 엄마들은 존재 그 자체만으로
도 눈부시게 아름다워. 자식이란 보석이 엄마를 빛나게
하니까.

어머니 그건 그래, 넌 나의 다이아몬드야.

용재 오닐 엄만 나의 에메랄드, 사파이어지.

어머니 우와~! 우린 참 부자다, 그치?

용재 오닐 …….

어머니 (일어서며) 그만 가자. 이 집은 묵은 사, 상처까지 헤집어
놓는구나. 과거는 흘러간 물이야. 흘러간 물을 가…… 가

슴에 담아둘 필요는 없어.

용재 오닐 그래요, 엄마. 어제는 잊고 내일을 향해 힘차게 출발합시다.

용재 오닐, 어머니의 손을 잡고 나란히 고향집을 나선다. 음악이 흐른다.

제7장 러브 레터
– 안산에서, 뉴욕에서

무대 한 켠에 핀이 떨어지면 준 마리가 엎드려 편지를 쓰고 아델리
아와 평은이가 편지 내용을 놓고 감 놔라, 배 놔라 참견을 한다.

아델리아　마리 언니, 이 말은 꼭 넣어줘. 음…… 용재 오닐 씨를 내
　　　　　가 좋아한다고…….

평은　　　대박!! 용재 쌤이 너랑 결혼하려면 할아버지가 돼 있겠
　　　　　다. 냉수 먹고 속 차려, 이것아. 영계는 사절이라구!

준 마리　(고함) 아가리들 닥치지 못해! (두 사람, 움찔한다) 도무지 헷
　　　　　갈려서 글을 쓸 수 있어야지…….

준 마리가 편지지를 들고 보면 실내 스피커로 편지가 낭송된다.

준 마리　(소리) 용재 선생님, 잘 지내시죠?
　　　　　선생님을 못 본 지 벌써 한 달이나 됐네요.
　　　　　지금 뉴욕에 계신가요? LA에 계신가요?
　　　　　우리는 안산에서 열심히 연습하고 있어요.
　　　　　용재 선생님을 처음 봤을 땐
　　　　　그렇게 유명한 사람인지 미처 몰랐죠.
　　　　　선생님이 공연을 자주 하신다는 뉴욕에 꼭 한번 가보고

싶어요.

언제면 저도 그런 무대에서 연주할 수 있는 날이 올까요?

아직은 상상이 잘 안 돼요.

우린 지금 선생님이 연주하신 음악을 듣고 있어요.

아델리아와 평은이는 옆에서 떠들고 있고요.

선생님, 언제 한국에 들어오시나요?

다들 보고 싶어 해요.

선생님을 알게 된 지 벌써 일 년이 되어 가네요.

사실 선생님을 처음 봤을 땐 조금 이상한 사람처럼 보였어요.

선생님은 우리가 어땠는지 궁금하군요.

악기를 만져본 적도 없는 우리들이

처음 오케스트라라는 것을 시작했을 때만 해도

이렇게 음악이 재미있어질 줄은 몰랐죠.

평소엔 게임만 하던 아이들이

선생님이 지휘봉만 집어들면

공부 잘 하는 애들처럼 집중하는 것도 신기했어요.

지난 7월 1일, 처음 무대에 섰던 그날만 생각하면

아직도 가슴이 두근거려요.

그렇게 많은 사람들 앞에서 공연하게 될 줄은 진짜 몰랐거든요.

또 그처럼 큰 박수를 받아본 것도 태어나서 처음이었죠.

모두들 다시 한 번 무대 위에 오르고 싶대요.
그런 날이 또 올 수 있을까요?
선생님, 보고 싶어요.
빨리 한국에 돌아오세요.
—준 마리 올림.

핀 꺼지고 반대쪽에 부분 조명이 비추면 용재 오닐이 앉은뱅이책상에서 편지를 쓰고 있다. 어머니가 등장하여 소녀처럼 다소곳이 무릎을 꿇고 오닐 곁에 앉는다.

용재 오닐 (힐끗 어머닐 보고) 왜요? 심심하세요?

어머니 나랑 놀아줘.

용재 오닐 편지 다 쓰고요.

어머니 안 돼, 지금.

용재 오닐 잠깐만 기다려요.

어머니 안 된다니까-!

용재 오닐 나 원 참, 어린애처럼 왜 이래요?

용재 오닐, 어머닐 일으켜 세워 방 밖으로 내보내고 편지 쓰기를 계속한다.

어머니 (입으로) 똑똑똑! 들어가면 안 돼?

용재 오닐 거의 다 됐어요. 5분…… 아니, 3분만 기다려요.

어머니　똑똑똑! 3분 지났어.

용재 오닐　1분도 안 지났어요. 제발…… 좀 기다려 주세요.

어머니　똑똑똑…… 2분 지났어.

용재 오닐　알았어요, 거의 다 돼가요.

어머니　똑똑똑…… 1분 지났어.

용재 오닐　아직 2분이 남았군요.

용재 오닐, 편지지를 들고 본다. 실내 스피커로 오닐의 편지가 낭송될 때, 어머니가 다시 들어와 백치처럼 멍한 얼굴로 아들 곁에 앉는다.

용재 오닐　(소리) 너희를 처음 만났을 때 첫 인상이 어땠냐고?
솔직히 말하면 정말 최악이었단다.
대부분의 아이들은 악보도 전혀 읽을 줄 몰랐고,
행동이 과격할 때도 있었지.
음악에 집중하지 못하고 천방지축 뛰어다니기도 했고.
처음엔 아이들이 나를 싫어하는 것 같아서 걱정을 많이 했어.
나를 '몽키 티처'라고 불렀을 땐 황당하고 기가 막혔지.
그런 아이들을 어떻게 끌고 가야 할지 막막하기만 했단다.
하지만 선생님의 걱정과 달리 너희가 먼저 변하기 시작하더구나.

이전에는 꿈이 없었지만 이제 꿈이 생겼고,

그 꿈이 이루어 질 때까지

열심히 하겠다는 열망이 들불처럼 번져나갔지.

안산 예술의 전당에서 수많은 관객들에게

난 이렇게 외치고 싶었단다.

"외모가, 언어가, 엄마 나라가 남들과 다르다는 이유만으로 가슴 한복판에 쓰라린 상처를 품고 살아온 아이들입니다. 오케스트라의 꼬마 천사들이 얼마나 예쁘고 사랑스러우며 빛나는 존재인지…… 오해와 편견으로 덧칠해진 이 아이들의 진짜 모습을 봐 주세요!"

음악은 너희들에게 쉽게 포기하지 않는 법을 가르쳐 줄 것이고,

성실히 노력하게 할 것이고,

아무리 노력해도 매번 좋은 결과가 나오지 않는다는 것도 알려줄 거야.

이것은 인생에서 알아야 할 가장 중요한 교훈이지.

아무리 고통스러운 일이 생겨도 스스로 이겨낼 수 있는

무언가를 너희들의 손에 쥐어주고 싶었어.

음악이 그 일을 해낼 수 있을 거라고 난 믿어.

공연이 끝나고 내가 울었던 건

참으로 행복해서 흘린 눈물이었지.

첫 번째 도전을 훌륭하게 마쳤으니

이젠 다음 도전을 준비해야 할 때인 것 같아.

다들 보고 싶구나.

곧 너희를 만나러 갈게.

- 뉴욕에서 용재 선생님이

부분 조명 꺼지고 무대 밝아지면 원태가 종이 박스를 들고 온다.

아델리아 얘, 그게 뭐니?

원태 아동센터 사무실로 소포가 배달돼 왔어.

평은 소포? 누구한테 온 건데?

원태 우리한테. (소포를 보여주며)이거 봐. 수신: '오케스트라의
꼬마 천사들에게'라고 써있잖아?

준 마리 열어 봐, 뭐가 들어있는지 보게.

원태가 종이 박스를 열자, 2미터에 이르는 기다란 두루마리 색지에
글자와 그림들이 가득하다. 네 사람이 함께 두루마리를 펴서 양손
에 들고 본다.

준 마리 (글을 읽는다) 안녕! 나는 안산여고 2학년 김숙현이야. 지
난 7월 1일 안산 문화예술의 전당에서 오케스트라 공연
을 보고 학교 친구들과 선생님들께 도움을 요청해서 81
명으로부터 너희들을 응원하는 메시지를 받아냈어. 아
마 이건 이 세상에서 가장 길고 아름다운 팬레터가 될
거야.

평은   (읽는다) Hi~ 얘들아, 난 너희가 좋아. 왜냐하면 순수하고 착하고 예쁘고 매력 터지고, 무엇보다 좋은 연주를 들려주잖아. 너희들로 인해 우리 반 많은 친구들이 행복하단다.

아델리아   (읽는다) 오케스트라의 꼬마 천사들, 안녕! 난 지현이야. 난 너희의 영원한 팬이 되어 버렸엉!!! 좀 오글거리지만…… 너희들이 이 세상에 있어줘서 너무 고마워, 알러브 유!

원태   (읽는다) 얘들아, 안녕? 우리 반의 숙현이가 너희를 많이 좋아해서 팬레터를 만든 거야. 우리 학교 친구들, 선생님들 모두 너희를 응원하고 있어. 연말 연주회 준비 잘 하렴.

준 마리   얘들아, 기쁘지 않니? 난 꼭 러브 레터를 받은 느낌이야.

아델리아   나도 이런 편지 처음 받아 봐. 정말 우리가 연예인처럼 인기 스타가 된 걸까?

평은   공연이 끝나고 TV 방송에 우리 이야기가 나간 후, 일부 사람들이 우릴 알아보고 칭찬하는 사람도 있지만…… 인기 스타는 아니다, 얘.

원태   꼭 좋은 일만 있었던 건 아니야. 방송에서 자신의 마음속에 있던 이야기를 하며 눈물 흘렸던 헤라는 우는 장면만 편집해서 돌려보며 조롱하는 친구들 때문에 크게 상처받기도 했어.

준 마리   놀리는 애들도 있겠지. 하지만 이 팬레터들을 봐. 그동안 우리에게 차갑고 쌀쌀맞기만 했던 세상이 우리를 향해 처음으로 보내는 응원가가 아니겠니?

평은 그건 맞아, 이 감동의 러브 레터에 대해 이젠 우리가 답장 쓰는 일만 남았네.

아델리아 뭐라고 써?

원태 저들은 아무런 대가도 바라지 않아. 오직 하나, 우리들이 들려주는 음악을 기다릴 뿐이지.

아이들 음악?!!…….

아이들, 이심전심으로 조용히 고개만 주억거린다. 음악이 흐른다.

제8장 엄마를 위한 자장가
- 작은 별들의 합창

세종문화회관 대극장. 기다리고 기다리던 연말 콘서트. 대극장에 3천 명의 관객이 꽉 들어찼다. 이 소식은 아이들에게도 전해졌고, 대기실에서 기다리던 아이들은 흥분을 감추지 못한다.

다니엘 아~ 떨려요, 엄청 떨려요.

형진 첼로, 그 다섯 개 합친 것만큼 떨려요. (카이에게) 쌤, 화장실 좀⋯⋯.

카이 긴장하면 소변이 마렵게 돼 있어, 빨리 다녀와. (형진, 나간다) 선생님이 지난번에 무대 위에서는 어떻게 해야 한다고 했지?

은희 다른 사람이 하는 연주도 잘 들으라고요.

카이 맞아! 그런데 중요한 건 너희가 몇 달 동안 열심히 연습한 것, 진심으로 하고 싶은 이야기를 관객들 앞에서 고백하는 거라고 했지?

아이들 (일제히) 네 ―!

다니엘 (카이가 원태에게 헤어스프레이를 뿌리며 머리를 만져주자) 저도 뿌려주세요!

카이 (어이가 없다는 듯) 뭐? 넌 머리카락이 한 올도 없는 민머리잖아? (아이들, 웃는다)

| 다니엘 | (씨익 웃으며) 에이, 잡췄네…….

| 헤라 | (모자 쓴 선욱을 보고) 언니! 모자 안 벗을 거야?

| 카이 | 무대에서는 청중에게 예의를 갖추어야 해. 모자를 쓰는 건 너를 보러 오신 분들에게 예의가 아니야. (선욱, 조용히 후드를 벗어 내린다)

| 형진 | (화장실에서 돌아오며) 원태 형! 이거…… (꽃 한 송이를 내민다)

| 원태 | (받으며) 이게 뭐야?

| 형진 | 꽃…… 어떤 아저씨가 원태에게 갖다주라고 했어.

| 원태 | 누구? 아저씨라고……?

| 형진 | 응, 그 아저씨가 공연 축하한다고, 보고 싶었다고…… 그 말을 전해 달랬어.

| 원태 | 그 아저씨, 지금 어디 있는데? (나가려 한다)

| 카이 | 원태야, 나중에 만나. 공연시간 다 됐어.

| 형진 | 아마 만날 수 없을 걸. 그 아저씬 가 버렸으니까…….

| 원태 | (입술을 깨문다)…….

| 아멜리아 | 용재 쌤은 왜 안 오시는 거야?

| 완우 | 오시겠지, 기다려 봐요.

| 다니엘 | 원래 주인공은 맨 마지막에 등장하는 거 아닌가? (아이들, 폭소한다)

| 평은 | 하나도 우습지 않은 말도 저 꼬맹이가 하면 우스워진단 말야. (용재 오닐, 등장)

| 용재 오닐 | 애들아, 오늘 콘서트의 주제가 뭐지?

| 한위 | '엄마를 위한 자장가'요.

용재 오닐 그래, 엄마를 위한 자장가는 엄마에 대한 찬가야. 너희들의 엄마가 누구니? 엄마들이 온갖 역경과 시련 속에서도 넘어지지 않고 일어설 수 있었던 건 오로지 너희들이 있기 때문이야. 이 세상에서 너희를 가장 깊이 사랑하는 사람은…… 엄마뿐이란다. 그러니 오늘 콘서트에서 우리는 엄마에 대한 존경과 감사의 마음을 악기에 담아 연주하자꾸나. 이런 우리의 간절하고 애틋한 마음을 음악에 실어 사랑하는 엄마에게 날려 보내자꾸나. 자, 무대로 이동하자.

무대, 잠시 암전 되었다가 용재 오닐에게 핀 조명이 떨어진다.

용재 오닐 (관객들에게) 9개월 전 저는 열두 명의 아이들과 처음 만났습니다. 악보도 볼 줄 모르고, 악기도 만진 적이 없는 아이들이 오케스트라를 할 수 있을지 아무도 예상하지 못했습니다. 그런데 음악에 대한 사랑과 열정이 거대한 쓰나미처럼, 폭풍의 바다처럼 아이들의 가슴을 덮쳤습니다. 바로 이것이 기적을 만든 원동력입니다. 또 하나, 이런 기적이 가능했던 건 그동안 지극정성으로 아이들을 보살펴 온 엄마들의 헌신이 있었기 때문입니다. 그래서 오늘 이 콘서트의 주제는 '엄마를 위한 자장가'입니다. 아이들이 연주하는 자장가는 엄마의 눈물을 닦아내고 지친 어깨를 다독이는 위로의 노래이며, 고단한 엄마의 삶을 따뜻이 어루만지는 힘찬 포옹입니다. (무대 앞자리를 가리키며)제가 세상에서 가장 사랑하는 저의 어머니도 오셨습니다. 이 자리에 참석하신 엄마들…… 그리고 이 세상의 모든 엄마들께 이 자장가를 바칩니다.

인사하고 지휘대에 올라가 조명이 환한 오케스트라 박스에 앉은 아이들을 찬찬히 훑어본 다음, 비올라를 어깨 위에 올린다. 오케스트라의 첫 번째 곡 '섬집 아기'가 용재 오닐의 리드에 따라 연주되기 시작한다. 아이들의 표정은 불과 30분 전 대기실에서 보던 그 표정이 아니다. 아이들은 놀라운 집중력을 가지고 연주에 몰입했다. 길지 않은 3분짜리 곡이었지만 첫 곡이 끝나자 박수가 휘몰아쳤다. 용재 오닐은 격정을 이기지 못하여 울컥 눈물이 솟는다.

용재 오닐 (떨리는 음성으로) 오케스트라의 두 번째 곡은 슈베르트의 '아베 마리아'입니다. '아베 마리아'는 어린 딸이 아버지의 죄를 용서해 달라고 성모 마리아에게 간절히 기도하는 노래입니다. '아베 마리아, 고통 가운데 우리를 구해 주소서, 두려움 없이 잠들 수 있도록 지켜 주소서'라는 노랫말은 오케스트라의 아이들이 어려움을 당할 때마다 매순간 드리는 간절한 기도이자, 고통받는 엄마를 위한 자장가입니다. 팝페라 가수 카이가 이 노래를 부르겠습니다.

아이들의 연주에 맞춰 카이가 노래한다.

– 아베 마리아

아베 마리아, 자애로우신 성처녀여!
소녀의 기도를 들어주소서
당신은 이 험한 땅에서 바치는
기도를 들으시고
절망의 한 복판에서
저희를 구해 주실 수 있겠지요
쫓겨나고 버려지고 모욕당한 저희들이지만
두려움 없이 잠 잘 수 있도록
당신께서 지켜주소서
성처녀이신 마리아여
소녀의 기도를 들어주소서
어머니시여, 당신께 간절히 애원하는
자녀의 기도를 들으소서
아베 마리아!

두 번째 곡이 끝났을 때도 우레와 같은 박수 소리가 대극장을 진동한다.

오케스트라의 세 번째 곡은 모차르트의 '반짝반짝 작은 별'이다. 용재 오닐의 지휘에 따라 연주가 시작되면 무대, 조금씩 어두워지며 천장이 '우주의 밤'으로 바뀐다. 스크린에 별빛이 폭포처럼 쏟아져

내리는 은하수가 반짝반짝 빛난다.

연주가 끝나면 아이들이 모두 무대 전면으로 나와서 용재 오닐의 비올라와 카이의 피아노 반주에 맞춰 율동과 함께 '반짝반짝 작은 별'을 합창한다.

첫 소절 '반짝 반짝 작은 별 아름답게 비치네'를 중국어로 부르고 둘째 소절 '동쪽 하늘에서도 서쪽 하늘에서도'는 일본어로 받고 셋째 소절 '반짝 반짝 작은 별 아름답게 비치네'는 러시아어로 노래를 이어 가다가 다시 한 번 반복할 때는 태국어(첫째 소절)→영어 (둘째 소절)→한국어(셋째 소절)로 합창한다.

아이들이 노래할 때 스크린에서 은하수가 사라지고 아이들의 메시지가 담긴 자막이 뜬다.

"엄마, 절 낳아줘서 감사하고요, 지금까지 잘 키워주신 거 감사합니다" – 다니엘

"엄마, 하늘만큼, 땅만큼, 바다만큼, 그리고 구름만큼, 태양만큼 좋아해" – 헤라

"엄마, 평소에 빨래도 해주고, 청소도 해주고, 밥도 해주고, 그거 너무 고마웠어. 열심히 노력해서 꼭 훌륭한 어른이 될게" – 완우

"엄마, 몸이 아픈데 계속 더 아프게 해서 미안해. 엄마, 앞으론 내가 말 잘 들을 테니까 우리 행복하게 살자" – 평은

"엄마, 우릴 버리고 집을 나가지 않았으면 좋겠어. 제발, 부탁이야." – 은희

"보고 싶은 엄마, 천국에도 크리스마스가 있나요? 지난 성탄절, 아

빠랑 납골당에 갔을 때 사진 속 엄마는 웃고 있었지만 우린 둘 다 울었어. 미안해, 울지 않겠다는 약속 어겨서…… 엄마, 가영이가 영 원히 사랑한다는 걸 잊지 말아요, 꼬옥." – 가영

자막, 사라지고 용재 오닐이 마이크를 잡는다.

용재 오닐   여러분! 오케스트라의 꼬마 천사들이 부른 노래를 들으 셨죠? 아이들 엄마 나라의 말인 여섯 개 국어로 부른 이 아름다운 하모니는 다문화(多文化)가 인종 갈등이 아닌 화합, 종교 분쟁이 아닌 평화, 인간 저주가 아닌 축복임 을 여실히 나타냄으로써 '세계는 하나' '인류는 하나'라 는 메시지를 상징적으로 보여줍니다. 오늘 콘서트의 마 지막을 장식해 준 꼬마 천사들에게 뜨거운 박수를 보내 주십시오.

관객들의 환호성과 박수 소리가 대극장을 뒤덮으며 막이 내리기 전, 스크린에 석 줄의 자막이 선명하게 떠오른다.

*"콘서트가 끝나고 집으로 가는 버스에서 내내 울었답니다.
지금까지 본 내 생애 최고의 콘서트였어요."*
–어느 엄마가 용재 오닐에게 보낸 편지 중에서

막.

작의

● 〈안녕?! 오케스트라〉는 오케스트라의 이름이자, TV 방송 프로그램의 제목이다. 태어나서 처음으로 클래식을 접하는 다문화가정의 아이들이 모여서 오케스트라를 만들고, 그 아이들이 무대에 서기까지 고군분투하는 1년의 기록을 담은 다큐멘터리이다.

● 이 다큐의 제작자인 이보영 PD는 나중에 같은 이름의 책을 펴냈는데, 희곡 「오케스트라의 꼬마 천사들」은 이 이야기를 바탕으로 창작된 작품이다. 실화를 토대로 해서 썼지만 스토리와 상황을 재구성, 재창조했음은 물론이다.

●「오케스트라의 꼬마 천사들」의 주제는 자명하다.

세계적인 비올리스트인 리처드 용재 오닐이 다문화가정의 아이들과 함께 체임버 오케스트라를 만들고 공연하는 과정을 통해 다문화(多文化)가 인종 갈등이 아닌 화합, 종교 분쟁이 아닌 평화, 인간 저주가 아닌 축복임을 여실히 나타냄으로써 '세계는 하나' '인류는 하나'라는 메시지를 상징적으로 보여주는 것이다.

● 특히, 음악이 사랑(인간애, 가족애)과 평화(가정, 사회, 국가, 세계)의 메신저, 매개체가 될 수 있다는 사실, 곧 음악의 위대한 힘을 표출하고자 했다. 오케스트라의 아이들(12명)은 10개국 출신의 부모를

가졌다. 열 개의 나라는 하나의 세계이며, 다민족·다문화의 이질적인 세계에 필요한 것은 사랑과 평화이고 혼돈의 세계를 하나로 묶을 수 있는 공통분모는 만국어인 음악뿐이다. 그래서 이 오케스트라의 키워드는 음악을 통한 '사랑과 평화의 구현'이다.

● 통계청에 따르면, 2017년 초·중·고 다문화 학생 수는 11만 명으로 급증했다. 최근 결혼 이주 외국인 여성과 이주 외국인 노동자가 증가하고 있는 추세를 감안할 때 장차 '다문화 가족 100만 명 시대'의 도래도 멀지 않았다. 그러나 우리 사회 일각에는 다문화 가족에 대한 편견과 차별이 잔존하고 있다. 이러한 사고방식이나 가치관은 지구촌 시대의 세계관이나 세계시민의식과는 너무나 동떨어진 것이다.

● 더욱이 불과 얼마 전까지만 해도 한국인들은 독일에서 광부와 간호원으로, 일본에서 노무자로 일하면서 가난한 나라, 국민의 설움을 몸소 체험한 바 있다. 해외에 나간 우리 동포들은 2등 국민, 3류 인생으로 취급받으면서 숱한 고난과 역경을 겪었던 것이다. 우리가 다문화 가족을 멸시·천대하는 것은 선배 세대가 겪었던 아픔과 슬픔의 과거사를 몰각하는 처사가 아닐 수 없다.

● 따라서 다문화 가족을 대하는 자세와 태도에 있어서는 역지사지의 정신이 긴요하고 코스모폴리탄적 마인드가 절실히 요청되는 시점이다. 다문화 가족은 우리의 짐이나 걸림돌이 아니고 손잡고 함께 미래를 열어 갈 협력자요, 동반자다. 그리고 서로 돕고 의지해서 살아갈 소중한 이웃이다. 한국에 앞서 저출산, 고령화의 문제를 겪은 독일·프랑스·캐나다·호주 등 선진국들이 인구 감소 문제

를 극복하는 방안으로 다문화 가족을 개방적으로 받아들였다는 사실에 주목해야 할 것이다.

● 희곡 「오케스트라의 꼬마 천사들」은 다문화 가족에 대한 오해와 편견, 냉대와 차별을 시정하고, 그들에 대한 인식 개선의 계기와 단초를 마련한다는 소박한 동기에서 집필된 작품이다.

아무쪼록 이 희곡이 연극으로 만들어져서 다수의 한국인들이 다문화가족에 대한 인식을 새롭게 하는 크나큰 전환점이 되기를 기대한다.

※ 또한 이 희곡의 연극화를 통해, 베네수엘라의 저 유명한 엘 시스테마 같은 오케스트라가 이 땅의 방방곡곡에 만들어지기를 소망한다.

줄거리

(제1장)

● 안산시 글로벌아동센터 강당에서 다문화가정의 아이들로 구성된 오케스트라를 만들기 위한 오디션이 열린다.

● 아이들은 처음 보는 용재 오닐에게 몽키 티처라고 야유하면서 비웃지만 오닐이 비올라로 '섬집 아기'를 연주하자, 그 아련하고 가슴 먹먹한 선율에 흠뻑 빠져 버린다.

● 심사위원인 용재 오닐과 카이는 12명의 어린이를 오케스트라 단원으로 선정하고 각자에게 맞는 악기(바이올린, 비올라, 첼로)를 지급한다.

(제2장)

● 첫 번째 합숙 캠프가 시작된 글로벌아동센터에서 아이들은 모차르트의 '반짝반짝 작은 별'을 연주하고 자신들의 실력에 놀란다.

● 오케스트라 음악감독 카이는 악보를 볼 줄 모르는 혜라를 위해 쉽고 간단한 악보를 만들어 주고 은희의 첼로를 고쳐주기도 한다.

● 원태가 오닐에게 바이올린으로 유 레이즈 미 업(You raise me up)을 들려주면서 자신의 가족사를 털어놓자, 오닐도 처음으로 불행했던 어린 시절을 회상하며 원태에게 용기를 잃지 말라고 격려

한다.

● 콩고 난민의 아들로 한국에서 태어난 다니엘이 급우들로부터 조롱과 멸시를 당하고 있을 때 오케스트라 친구인 형진이 나타나 급우들을 제지하고 둘은 따뜻한 우정을 나눈다.

● 아빠가 파키스탄인인 혜라가 친구들에게 놀림을 당하고 있을 때 오케스트라 언니인 선욱이 등장하여 친구들을 벌 주고 둘은 음악의 힘으로 운명을 개척해 나갈 것을 다짐한다.

● 엄마가 일본인인 완우가 세 명의 소년에게 폭행을 당해 울고 있을 때 카이가 완우를 위로해 주면서 자신을 때리고 놀린 놈들에게 복수하겠다는 완우에게 "음악가의 복수는 더 좋은 연주로 사람들을 감동시키는 거란다. 더 훌륭한 연주가 널 괴롭힌 사람들에게 복수하는 가장 좋은 방법"이라고 말한다.

● 두 번째 합숙 캠프가 열린 글로벌아동센터에서 선욱은 오닐에게 늘 후드 티의 모자를 쓰고 다니는 이유를 설명하고 "선생님은 비올라라는 최고의 선물을 안겨주신 분, 음악이라는 새로운 세상을 만나게 해준 분, 나도 노력하면 뭐든지 할 수 있다는 희망을 갖게 해 준 분"이라고 말한다.

● 용재 오닐은 제1바이올린 수석에다 악장까지 맡고 있는 준 마리의 노고를 치하하고 음악이 중요한 건 부러진 날개, 부러진 꿈의

날개를 다시 달아주기 때문이라고 하면서 마리를 성원한다.

● 어릴 때 중국에서 외할머니의 손에서 자란 한위는 오닐에게 할머니가 좋아하시던 곡 '아베 마리아'를 연주해 달라고 부탁한다. 오닐은 자신의 할머니도 이 노랠 좋아했다면서 아베 마리아를 연주한다.

(제5장)

● 안산 문화예술의 전당에서 아이들의 첫 번째 공연이 베풀어진다. 클래식 연주자 그룹인 '디토 오케스트라' 공연의 마지막 순서로 특별히 참가한 아이들은 모차르트의 '반짝반짝 작은 별'과 베토벤의 '교향곡 9번 합창'을 연주하여 큰 호응을 얻는다.

(제6장)

● 잠시 미국에 체류하던 오닐이 어머니와 함께 고향집이 있는 워싱턴 주의 작은 마을 스쾜을 향해 떠난다.

● 고향집에서 오닐은 돌아가시기 전 할머니와의 만남을 회상한다. 할머니는 오닐에게 자신이 죽으면 엄마를 잘 보살펴야 한다고 당부하고, 죽음에 관한 명상과 인생의 의미를 피력하면서 사후에 화장해 줄 것을 요청한다.

● 어머니는 할머니의 유령을 봤다고 질겁하면서 돌아가자고 재촉한다. 1950년대 한국의 전쟁고아로 여덟 살 때 미국인 가정에 입양된 어머니는 세 번이나 버려졌다가 네 번째 만난 게 오닐의 조부모였다.

● 어머니의 해 묵은 상처가 드러나고 아버지를 찾기 위해 백방으로 노력하던 오닐에게 5년 전에 아버지가 사망했다는 전갈이 날아든다. 어머니는 '운명을 사랑하라'(Amor Fati)고 한 할머니의 말을 상기하면서 "과거는 흘러간 물이고, 흘러간 물을 가슴에 담아둘 필요는 없다"고 한다. 어머니와 오닐은 내일을 향해 힘차게 출발하자고 다짐하며 고향집을 떠난다.

(제7장)

● 준 마리는 뉴욕에 있는 용재 오닐에게 편지를 보내고 용재도 아이들에게 답장을 쓴다. 뜻밖에 오케스트라의 아이들에게 소포가 배달된다. 안산여고 학생들과 교사 81명이 작성한 팬레터였다. 81명이 보낸 응원의 메시지는 아이들을 격려하는 감동의 러브 레터였던 것이다.

(제8장)

● 오케스트라의 콘서트가 열리는 세종문화회관 대극장. 3천 명의 관객이 극장을 가득 메웠다. 콘서트의 주제는 '엄마를 위한 자장가'다.

● 오케스트라의 첫 번째 곡 '섬집 아기'가 용재 오닐의 리드(비올라)에 따라 연주되기 시작한다. 3분짜리 첫 곡이 끝나자 박수가 휘몰아쳤다. 오닐은 격정을 이기지 못하여 눈물을 흘린다.

● 두 번째 곡은 슈베르트의 '아베 마리아'다. 아이들의 연주에 맞춰 팝페라 가수 카이가 노래를 부른다. 두 번째 곡이 끝났을 때

도 우레와 같은 박수가 대극장을 진동한다.

● 세 번째 곡은 모차르트의 '반짝반짝 작은 별'이다. 연주가 끝나면 아이들이 모두 무대 전면으로 나와서 용재 오닐의 비올라와 카이의 피아노 반주에 맞춰 율동과 함께 노래를 합창한다. 첫 소절은 중국어로 부르고 둘째 소절은 일본어로 받고 셋째 소절은 러시아어로 노래를 이어나가다 다시 한 번 반복할 때는 태국어→영어→한국어로 부른다.

● 관객들의 환호성과 박수 소리가 대극장을 뒤덮으며 막이 내리기 전, 배경막(스크린)에 석 줄의 자막이 눈부시게 떠오른다.

> "콘서트가 끝나고 집으로 가는 버스에서 내내 울었답니다.
> 지금까지 본 내 생애 최고의 콘서트였어요."
> ─어느 아줌마가 용재 오닐에게 보낸 편지 중에서

※작은 별들(오케스트라의 아이들)이 큰 별(용재 오닐)을 만나 거대한 은하수가 된다. 그 은하수가 밤하늘을 아름답게 수놓는다.

─이것이 이 연극의 대단원이다.

한국 희곡 명작선 70
오케스트라의 꼬마 천사들

초판 1쇄 인쇄일   2021년 1월 10일
초판 1쇄 발행일   2021년 1월 20일

지 은 이   장일홍
만 든 이   이정옥
만 든 곳   평민사
          서울시 은평구 수색로 340 〈202호〉
          전화 : 02) 375-8571
          팩스 : 02) 375-8573
          http://blog.naver.com/pyung1976
          이메일   pyung1976@naver.com
등록번호   25100-2015-000102호
ISBN   978-89-7115-768-8   03800
          978-89-7115-663-6   (set)
정   가   7,000원